Querido Jesus

HISTÓRIAS BÍBLICAS PARA CRIANÇAS

De:

Para:

Data:

Querido Jesus

HISTÓRIAS BÍBLICAS PARA CRIANÇAS

Sarah Young

COM JEAN FISCHER

ILUSTRADO POR CAROLINA FARÍAS

THOMAS NELSON BRASIL®

Rio de Janeiro, 2023

Dedicatória

Aos pais e avós que dão seu tempo e sua energia para ler este livro de histórias bíblicas para filhos e netos. Seu amoroso envolvimento ao ler estas histórias e responder a perguntas é louvável e absolutamente essencial!

Também a Elie, a John e a todas as crianças que se aproximaram mais de Jesus por meio das palavras e ilustrações destas páginas.

Jesus disse: "Deixem que as crianças venham a mim [...] pois o Reino do Céu é das pessoas que são como estas crianças" (Mateus 19:14).

Título original:
Jesus Calling© Bible Storybook

Publisher	Omar de Souza
Editores	Aldo Menezes, Samuel Coto, André Lodos
Coordenação da produção	Thalita Aragão Ramalho
Produção editorial	Mônica Surrage Daniel Borges
Tradução e adaptação	Francisco Nunes
Copidesque	Victor Almeida
Revisão	Gabriel Machado
Diagramação	Trio Studio

CIP-BRASIL CATALOGAÇÃO NA PUBLICAÇÃO
SINDICADO NACIONAL DOS EDITORES DE LIVROS, RJ

Y7lc

Young, Sarah, 1946
Querido Jesus : histórias bíblicas para crianças / Sarah Young com Jean Fischer ; ilustrações Carolina Farías ; [tradução Francisco Nunes]. – 1. ed. Rio de Janeiro : Thomas Nelson Brasil, 2016.
il.

Tradução de: Jesus calling Bible storybook
ISBN 9788578604066

1. Devoções diárias 2. Vida cristã. I. Fischer, Jean II. Título.

13-01041 CDD: 242.2
CDU: 242

14/05/2013 14/05/2013

Thomas Nelson Brasil é uma marca licenciada à Vida Melhor Editora S.A.
Todos os direitos reservados à Vida Melhor Editora S.A.
Rua Nova Jerusalém, 345 – Bonsucesso
Rio de Janeiro – RJ – CEP 21402-325
Tel.: (21) 3882- 8200 – Fax: (21) 3882-8212 / 3882-8313
www.thomasnelson.com.br

Este livro foi impresso para a Thomas Nelson. O papel do miolo é couché fosco 130g,
e o da capa é cartão supremo 250g.

Agradecimentos especiais

A MacKenzie Howard, o gerente do projeto que eficientemente trabalhou sem parar neste livro, atuando em muitas áreas, quando necessário. Serei sempre grata à minha editora, Laura Minchew, que cuida de minhas publicações e encontrou maneiras maravilhosas de levar a mensagem bíblica para as crianças.

Também quero agradecer a Kris Bearss, meu editor e amigo que trabalha comigo em tudo o que publico.

Sou grata a Jean Fischer, que compilou as histórias da Bíblia, e a Carolina Farías, a ilustradora, por terem emprestado os seus fantásticos talentos para este projeto.

Por fim, agradeço a meu marido, Stephen Young, por ter feito a revisão teológica, ajudando-nos a manter as histórias de acordo com a perfeita Palavra de Deus.

Queridos pais e avós,

Nada aquece mais meu coração do que uma garotinha loura com grandes olhos azuis e um sorriso irresistível: minha neta, Elie Marie. Quando recebemos seu irmãozinho, John Elliot, na família, percebi que era extremamente importante ajudar essas preciosas crianças — e todas as crianças — a desenvolver um relacionamento pessoal com Jesus.

Querido Jesus — histórias bíblicas para crianças foi planejado para ajudar crianças pequenas a conhecer a Palavra de Deus e a desfrutar da presença de Jesus. Este livro conta a maravilhosa história do grande amor de Deus pelas pessoas que criou. Ele mostra que o centro, o começo e o fim dessa história estão em Jesus.

Jesus não é o centro apenas da Bíblia, mas também de nossa vida. Assim como estava com Adão e Eva ao serem expulsos do Jardim, com Noé enquanto construía a arca e com Moisés ao se encontrar com Deus na sarça ardente, Jesus está conosco a cada momento do dia. Por causa do seu sacrifício na cruz, o perdão e a vida eterna são prometidos para todos os que invocam o seu nome, confiando nele como Salvador.

Como vocês devem saber, os devocionais que escrevi foram criados após anos de estudo pessoal, de momentos de oração e de anotações particulares. Eu mantive um diário de oração por anos, mas almejava sempre ter mais de Deus em minha vida. Por isso, separei um tempo para ouvi-lo e escrever o que acreditava que ele estava me dizendo. Desse modo, minhas anotações mudaram de monólogo para diálogo e esse novo modo de me comunicar com Deus se tornou o ponto alto dos meus dias. Eu sei que esses escritos não são inspirados como as Escrituras, mas foram importantes para me aproximar muito mais de Deus. De fato, ouvir Jesus aumentou minha intimidade com ele mais do que qualquer outra disciplina espiritual. Por essa razão, partilhei alguns dos meus escritos em meus livros, a fim de ajudar outros que estivessem procurando por uma experiência mais profunda da presença e da paz de Jesus. A Bíblia é, sem dúvida, a única Palavra de Deus, e eu sempre me esforço para escrever de acordo com os padrões imutáveis dela.

Minha esperança é que as crianças que venham a usar este livro de histórias saibam o mais cedo possível que podem chamar por Jesus e que ele lhes responderá. Oro para que elas o ouçam quando ele lhes falar por meio de sua Palavra e que entendam o quanto ele as ama. É natural para as crianças amarem quem as ama; assim, esse é o caminho ideal para que comecem a amar Jesus já em tenra idade.

Nas histórias bíblicas, eu incluí devocionais, no mesmo estilo dos adultos, mas em linguagem que os mais novos consigam entender. Eles aprenderão sobre Davi e Golias, Daniel e os leões e muitas outras histórias. Também aprenderão sobre como glorificar a Deus e viver de modo que o agrade.

Que vocês e os seus amados se deliciem na presença de Jesus e cresçam na graça enquanto esperam o seu retorno.

Que Deus os abençoe bondosamente!
Sarah Young

O ANTIGO TESTAMENTO

O NOVO TESTAMENTO

O ANTIGO TESTAMENTO

O grande plano de Deus | (Gênesis 1)

A, B, C . . . 1, 2, 3 . . . Tudo começa de alguma maneira. Agora, imagine um lugar em que não existe nada para ver, ouvir, provar, tocar ou cheirar. Sem terra. Sem céu. No começo, não existia nada além de Deus, o Pai, o Filho e o Espírito Santo.

E Deus tinha um plano de criar alguma coisa muito grande.

No primeiro dia, Deus disse:

— Que haja luz! — E a luz começou a existir! Deus pôs na luz o nome de "dia". À escuridão ele chamou de "noite".

No segundo dia, Deus separou o céu das águas, e no terceiro ele criou a parte seca do mundo, a terra. Havia água por toda parte. Então, ele a reuniu nos mares e apareceram as colinas, as montanhas, os vales e as planícies.

Deus falou mais uma vez, e as plantas brotaram da terra. Flores coloridas de todo tipo. Verduras. Árvores grandes e fortes, com galhos cheios de frutos rechonchudos e suculentos.

Deus viu tudo isso e disse:

— Isso é bom!

No quarto dia, Deus criou o Sol e colocou a Lua no céu. E espalhou tantas estrelas que você nunca vai conseguir contar todas!

Mas ele ainda não havia terminado.

Deus criou os pássaros e as criaturas marinhas no quinto dia. Os pequenos peixinhos e as gigantescas baleias. Os minúsculos beija--flores e os altos avestruzes.

O sexto dia foi muito especial! Deus encheu a terra de animais. Minhocas se contorcendo na terra. Girafas quase tocando o céu. Leões rugindo. Macacos rindo.

Bichos em toda parte!

Mas Deus ainda não estava satisfeito.
O que você acha que ele fez a seguir?

Recado de Jesus

"Eu sou o Alfa e o Ômega, o Primeiro e o Último, o Princípio e o Fim."

(APOCALIPSE 22:13)

Eu sou o Alfa e o Ômega. Isso significa que sou o Princípio e o Fim. Muitas pessoas me chamam de Jesus. Eu sou Deus Filho. Eu fiz os céus e a Terra. Mesmo naquela ocasião, muito antes de você ter nascido, eu já pensava em você e já o amava.

Deus começa uma família | (Gênesis 1)

Deus disse:

— Vamos fazer os seres humanos, que serão como nós, que se parecerão conosco. Eles terão poder sobre tudo o que criamos.

Deus guardou seu melhor para o fim. Ele fez um homem e, depois, uma mulher, soprando vida neles para que tivessem corpo e espírito. Deus amou-os mais do que amou qualquer outra coisa. Eles foram o começo da grande família de Deus.

Deus preparou um jardim maravilhoso para o casal viver. Adão e Eva estavam felizes em sua perfeita casa nova. Eles tinham tudo de que precisavam e muita comida deliciosa para comer. Eles podiam comer os frutos de todas as árvores que Deus havia criado, menos de uma...

O grande erro de Adão e Eva | (Gênesis 3)

Deus disse:

— Não coma da árvore que dá o conhecimento do bem e do mal. Se você comer o fruto, certamente morrerá.

Deus tem um terrível inimigo chamado Satanás. Satanás é mau e sempre quer que as pessoas façam coisas más. Ele foi até o Jardim disfarçado de serpente. Foi se esgueirando em torno daquela única árvore e sussurrou para Eva:

— Você não vai morrer. Se comer este fruto, você conhecerá o bem e o mal e será como Deus.

Satanás mentiu.

Mas a mulher escolheu acreditar nele em vez de acreditar em Deus.

Ela comeu o fruto. E Adão também.
E então, de um momento para o outro, o mundo perfeito criado por Deus mudou.
Quando o homem e a mulher quebraram a lei de Deus, uma coisa chamada *pecado* entrou no mundo.

E isso deixou Deus triste.

Deus fez roupas para que o casal se cobrisse, pois o homem e a mulher estavam envergonhados. Adão e Eva não podiam mais viver no Jardim do Éden, o lugar perfeito criado por Deus. Deus teve que expulsá-los; lá fora o trabalho seria difícil e a vida seria cheia de dores.

Mas Deus tinha um plano. Ele viria à terra como um bebê e se tornaria o homem que iria derrotar Satanás e resgatar os filhos de Deus. Jesus seria o seu nome.

Recado de Jesus

"Nem o mundo lá de cima, nem o mundo lá de baixo. Em todo o Universo não há nada que possa nos separar do amor de Deus."

(ROMANOS 8:39)

Eu estava com Adão e Eva quando eles deixaram o Jardim para sempre. Por onde quer que eles andassem, eu estava com eles, cuidando deles. Sabe que eu estou com você também? Nada pode separar você do meu amor.

Caim e Abel, dois irmãos (Gênesis 4)

Adão e Eva tiveram dois filhos. Caim era agricultor e Abel era pastor de ovelhas. Eles decidiram oferecer um presente a Deus. Caim ofereceu alguns produtos da terra, mas Abel sacrificou o primeiro carneirinho nascido no seu rebanho, aquele que ele realmente queria manter para si.

Apesar de Caim e Abel terem apresentado oferendas a Deus, Abel confiou em Deus e lhe deu o que tinha de melhor. Por isso, Deus aceitou sua oferta, mas não ficou feliz com aquilo que Caim lhe deu. Ele rejeitou Caim e sua oferta. Isso deixou Caim muito bravo e com inveja do irmão.

Depois disso, enquanto os dois irmãos estavam caminhando no campo, Caim sentiu tanta raiva que matou Abel! E não se arrependeu de ter feito isso. Mas Deus viu o que havia acontecido.

— Caim, onde está o seu irmão? — perguntou ele.

— Não sei — mentiu Caim.

Por causa de seu grande pecado, Caim foi punido por Deus: pelo resto da vida ele andou pelo mundo sempre fugindo, sem nunca ficar em um lugar por muito tempo.

Recado de Jesus

"Se tivesse feito o que é certo, você estaria sorrindo [...]; o pecado [...] quer dominá-lo, mas você precisa vencê-lo."

(GÊNESIS 4:7)

Quando você está irado ou a ponto de fazer alguma coisa errada, venha a mim e eu irei ajudá-lo. Eu quero que você faça o que é certo e confie em mim, como Abel. Eu gosto daquele tipo de fé. Eu estou sempre perto de você, pronto para ajudá-lo.

A história de Noé (Gênesis 6–9)

Adão e Eva tiveram Caim. Caim teve filhos. Os filhos dele tiveram filhos e estes também tiveram filhos... A terra ficou cheia de gente. Infelizmente, a maioria daquelas pessoas esqueceu-se de Deus e fazia coisas más. Isso encheu de dor o coração de Deus.

Deus ficou tão triste com essa situação que decidiu acabar com ela. Ele queria fazer o mundo melhor.

Havia um homem no mundo que andava com Deus. Seu nome era Noé.

Deus lhe disse:

— Noé, construa uma arca e armazene nela comida suficiente para você e sua família e para os casais de animais que eu levarei até você. Então, entrem todos na grande arca.

Noé fez o que Deus disse. E os animais vieram em pares: leões, cordeiros, borboletas, cavalos, pássaros, ursos, raposas, elefantes...

Deus contou a Noé que haveria uma grande chuva, e logo começou a chover. No início, apenas um pouco. Então, grandes gotas de chuva caíam sobre a terra. Centenas de gotas de chuva. Milhares. Milhões. Bilhões. Trilhões! E havia tanta água que foi inundando a terra. E a arca de Noé, na qual ele estava junto com a família e os animais do mundo todo, começou a flutuar.

Pouco tempo depois, a terra estava toda coberta de água. O dilúvio enviado por Deus destruiu as coisas ruins e as levou para bem longe. No entanto, tudo o que estava na arca — pessoas e animais — ficou são e salvo porque Noé havia feito o que Deus havia dito.

Após quarenta dias e quarenta noites, a chuva parou. O Sol apareceu de novo. Lentamente, a água foi baixando. O barco de Deus foi parar no topo de uma grande montanha.

Noé soltou uma pomba ver se a terra já estava seca. Como ela não encontrou lugar para pousar, voltou para a arca.

Noé esperou sete dias e soltou a pomba novamente. Dessa vez, ela voltou trazendo uma folha verde de oliveira no bico.

— O dilúvio terminou! —gritou Noé. — As árvores estão crescendo de novo!

Para celebrar o novo começo do mundo, Deus colocou um arco-íris no céu.

— Eu nunca mais vou usar um dilúvio para destruir a Terra — prometeu Deus. — Esse arco-íris é minha promessa para o meu povo.

Deus sabia que coisas ruins iriam acontecer novamente. Mas ele já tinha um plano. Um dia, ele enviaria o seu Filho como um homem chamado Jesus para salvar as pessoas do mal.

Recado de Jesus

"Ele [o Senhor] o cobrirá com as suas asas, e debaixo delas você estará seguro. A fidelidade de Deus o protegerá como um escudo."

(SALMOS 91:4)

Confie em mim e não se preocupe. Eu cuido de quem crê em mim. Assim como uma mamãe pássaro protege os filhotes com suas asas, eu protejo você com as promessas do meu amor. Quando você vir um arco-íris no céu, lembre-se de como a família de Noé foi protegida com amor. Então, pense em quanto eu amo *você*!

A torre até os céus | (Gênesis 11)

Deus fez as pessoas para que elas pudessem pular, correr e fazer muitas outras coisas bem legais. Deus também as criou para, juntas, fazerem grandes coisas para ele. Todas elas deveriam agradecer-lhe por essa capacidade; mas, em vez disso, às vezes algumas tentam usar suas habilidades para si mesmas. Foi o que aconteceu em um lugar chamado Babel.

Em vez de dizerem que Deus era grande e de serem gratas a ele, as pessoas começaram a se encher de orgulho, pensando que *elas* é que eram grandes. Na verdade, pensaram que eram tão grandes quanto Deus.

— Vamos construir uma cidade que tenha uma torre que chegue até o céu! Tão alta que será lembrada para sempre. Nós ficaremos acima de toda a humanidade. Todos dirão: "Nossa! Eles são especiais!"

Deus não queria que as pessoas se tornassem orgulhosas assim. Se ele não as impedisse, elas se tornariam tão pecadoras quanto as pessoas que viviam na Terra antes do grande dilúvio. E, por se preocupar demais com elas, Deus não iria permitir que isso acontecesse.

Para impedi-las, Deus atrapalhou a língua que elas falavam.

— Onde está o chapéu grande do camelo? — perguntava alguém.

— O pé cabeludo do pássaro na cabeça! — respondia outra pessoa.

— Faça cócegas no joelho e corra! — gritava outro construtor.

— *O quê?*

Ninguém entendia o que o outro dizia.

As pessoas ficaram confusas e irritadas. Em pouco tempo, todas elas pararam de construir a torre e a cidade.

Deus usou essa confusão para fazê-las viverem em diferentes lugares e lá terem famílias que falavam sua própria língua. (É por isso que existem milhares de línguas diferentes no mundo.)

Os planos falham quando as pessoas trabalham separadas de Deus. Ninguém é maior do que ele.

Recado de Jesus

"Eu sou a videira, e vocês são os ramos. Quem está unido comigo e eu com ele, esse dá muito fruto porque sem mim vocês não podem fazer nada."

(JOÃO 15:5)

Eu sou o Senhor, Deus e Criador de todas as coisas. Eu dei a você certas capacidades: você é capaz de fazer coisas com as mãos, de correr, de falar. Quando usa essas capacidades de maneira correta por me amar, você se sente feliz. Eu amo ver você desfrutar daquilo que lhe dei. Mas quando você age de modo egoísta, afastado de mim, isso não é bom para ninguém.

Eu quero que você viva perto de mim. Fale comigo por meio de suas orações. Eu estou sempre ouvindo.

O amigo de Deus

Abrão segue a Deus | (Gênesis 12)

Esperar é uma coisa bem difícil de fazer. Quando querem alguma coisa ou precisam de algo, as pessoas pensam: "Anda logo!"

É fácil ficar cansado de esperar.

Deus tinha um amigo chamado Abrão. Disse a ele que se mudasse para uma terra chamada Canaã. E completou:

— Abrão, eu tenho um plano maravilhoso e sua família é uma parte muito importante dele. Por meio de você, todas as famílias da terra serão abençoadas. Siga-me e confie em mim.

Abrão sabia que Deus iria cuidar dele. Assim, ele e sua família arrumaram a bagagem e seguiram Deus até Canaã.

Então, esperaram que Deus os abençoasse com uma família. E esperaram. E esperaram ainda mais um pouco.

O amigo de Deus

A promessa de Deus | (Gênesis 15; 17; 18)

Deus disse que a família de Abrão seria muito importante, mas como isso poderia acontecer se ele não tinha filhos? Abrão e Sarai, sua esposa, eram muito idosos! E esperar era muito difícil. Uma noite, Deus chamou seu amigo para fora da tenda e disse:

— Abrão, você pode contar todas as estrelas?

— Claro que não! — respondeu Abrão. — Elas são muitas.

Milhões e milhões de estrelas estavam brilhando como diamantes na noite escura.

— Esse é o número de descendentes que você terá — prometeu Deus. E Abrão acreditou nele.

Deus veio outra vez a Abrão, e nessa ocasião lhe deu um novo nome: Abraão, que significa "pai de muitos". Sarai também recebeu um novo nome: Sara. Deus falou:

— Logo você e Sara terão um filho.

Outra vez, Abraão acreditou e se sentiu tão feliz que gargalhou. Quando ouviu a promessa de Deus, Sara também riu, mas por outro motivo: ela pensou que seria impossível que a promessa de Deus se cumprisse.

— Estamos muito velhos para ter um filho — disse ela.

Recado de Jesus

"Jesus olhou para eles e disse: 'Para os seres humanos isso não é possível; mas, para Deus, é. Pois, para Deus, tudo é possível.'"

(MARCOS 10:27)

Creia em mim, confie em mim, e eu lhe mostrarei o quanto posso fazer. Mesmo quando as coisas parecem impossíveis, você pode confiar que eu farei o que prometi. *Nada* é difícil demais para mim!

O amigo de Deus

O nascimento de Isaque | (Gênesis 21)

No ano seguinte, uma coisa maravilhosa aconteceu: nasceu o bebê de Sara. A espera havia terminado.

O bebê foi chamado de Isaque, que significa "ele ri". Sara disse:

— Deus me deu motivo para rir. E todos os que ouvirem essa história vão rir comigo. Quem poderia imaginar que nós, com essa idade, pudéssemos ter um filho?

Ela tinha noventa anos e Abraão tinha cem! No entanto, a família de Abraão se tornou tão grande que hoje, milhares de anos depois, pessoas no mundo todo ainda se lembram dele como "pai Abraão", o amigo de Deus que tinha uma grande fé.

Muitos anos depois, nasceu o maior de todos os descendentes de Abraão, Jesus, que iria salvar os filhos de Deus do pecado. Jesus iria mostrar ao mundo todo o amor que Deus tem por aqueles que criou.

O amigo de Deus

Deus testa Abraão | (Gênesis 22)

Quando Isaque ficou mais velho, Deus decidiu testar a fé de Abraão. Assim, pediu que ele fizesse um sacrifício bem grande:

— Devolva Isaque a mim, para viver comigo no céu.

Abraão havia esperado tanto tempo por um filho. Ele amava Isaque, porém amava muito mais a Deus. Então, com o coração triste, Abraão concordou.

Abraão e Isaque subiram um monte e se encontraram com Deus ali.

— Deus — disse Abraão, com lágrimas nos olhos —, se tu queres o meu único filho, aqui está ele.

Deus se alegrou por Abraão amá-lo e confiar nele o suficiente para lhe devolver Isaque. Ele ficou tão satisfeito que disse a Abraão que não precisava mais de Isaque: Deus aceitaria um cordeiro no lugar do garoto. Deus mesmo providenciou o cordeiro, e Abraão e Isaque ficaram muito felizes com isso!

Porque Abraão confiou tanto assim em Deus, foi abençoado por ele. Um dia, Deus iria sacrificar o próprio Filho, Jesus, como um presente especial para o mundo.

Recado de Jesus

"Assim aconteceu o que as Escrituras Sagradas dizem: 'Abraão creu em Deus, e por isso Deus o aceitou.' E Abraão foi chamado de 'amigo de Deus'."

(TIAGO 2:23)

Eu quero que meus filhos saibam que podem confiar em mim sempre, em todas as coisas. Confiar em mim mostra que você é meu amigo. Eu vou cuidar de você e ser o melhor Amigo que você já teve. Creia que eu amo você, pois eu amo!

Jacó, um homem com dois nomes

Jacó e Esaú | (Gênesis 25)

Isaque cresceu e se casou com uma moça chamada Rebeca. Eles tiveram gêmeos, Jacó e Esaú. Esaú nasceu primeiro, e era ruivo e cabeludo. Como filho mais velho, um dia Esaú herdaria a maior parte das coisas do pai e uma bênção especial. Jacó nasceu segurando o calcanhar do irmão.

Quando eles cresceram, Jacó, que era mais quieto, gostava de ficar em casa, enquanto Esaú gostava de sair para caçar animais selvagens. Um dia, Esaú voltou da caçada com muita, mas muita fome. Jacó tinha preparado uma grande panela de ensopado.

— Por favor, me dê um pouco disso! — pediu Esaú. — Eu estou morrendo de fome!

— Não tão rápido — Jacó interrompeu. — Eu lhe dou o meu ensopado se você me prometer que vou ficar com as coisas do papai.

Isso não era um bom negócio, não é? Mas como Esaú estava com fome, aceitou.

Quando Isaque estava bem velho, era o momento de dar a bênção a Esaú, mas Jacó fez uma trapaça. Ele fingiu ser o irmão, até cobrindo os braços com pele de cabritos para parecer cabeludo. Como Isaque já não enxergava direito, deu a Jacó a bênção que deveria ser de Esaú.

Esaú ficou muito, mas muito bravo mesmo quando descobriu que seu irmão havia recebido as coisas do pai e a bênção que seria dele.

Jacó, um homem com dois nomes

O sonho de Jacó | (Gênesis 28)

Esaú ficou tão furioso que deixou Jacó com medo de que fosse matá-lo. Por isso, ele fugiu. Uma noite, quando estava dormindo ao ar livre, Jacó sonhou com uma escada que alcançava o céu, com anjos subindo e descendo por ela. No sonho, Deus fez uma promessa a Jacó como aquela que havia feito ao seu avô Abraão: “Darei a você e aos seus descendentes esta terra onde você está deitado. Os seus descendentes serão tantos como o pó da terra. Eles se espalharão de norte a sul e de leste a oeste, e por meio de você e dos seus descendentes eu abençoarei todos os povos do mundo.”

Quando acordou, Jacó fez uma promessa a Deus: “ u, ó Senhor, serás o meu Deus, e eu te entregarei a décima parte de tudo quanto me deres.”

Deus prometeu cuidar de Jacó por onde quer que ele fosse.

Recado de Jesus

"Eu estarei com você e o protegerei em todos os lugares aonde você for."

(GÊNESIS 28:15)

Eu estou sempre protegendo você.
Você não precisa se preocupar nunca, pois eu estou sempre com você, assim como eu estava com Jacó.
Sempre que se sentir assustado, lembre-se: eu estou bem ao seu lado, cuidando de você.

Jacó, um homem com dois nomes

Um novo nome para Jacó | (Gênesis 29; 32; 35)

Jacó tinha duas esposas, Raquel e Leia. Ele amava Raquel. Mas, assim como ele havia enganado pessoas no passado, foi enganado para se casar com Leia.

Deus não se esqueceu de Leia e fez dela parte importante do seu grande plano. Ela criou 11 crianças e, da descendência do seu filho Judá, Jesus um dia iria nascer.

Jacó e suas esposas tiveram 13 filhos: uma menina e 12 meninos.

A hora da refeição com 13 crianças deveria ser bem interessante...

— Anda logo!

— Para de me cutucar!

— Essa batata é minha! Devolve!

Deus continuou a ser fiel a Jacó e a sua enorme e barulhenta família. Ele decidiu dar a Jacó um novo nome: Israel.

Recado de Jesus

"As palavras do SENHOR são verdadeiras;
tudo o que ele faz merece confiança."

(SALMOS 33:4)

Tudo muda, menos eu. Eu sou sempre o mesmo,
e nunca quebrarei minhas promessas.
Eu serei sempre fiel a você, assim como fui a Jacó.
Eu quero que você aprenda sobre quem eu sou e creia em minhas
promessas. Eu sou fiel; eu não vou deixar você na mão.

José, o sonhador

José e os irmãos | (Gênesis 37)

José era um dos 13 filhos de Jacó. Seus irmãos não gostavam dele porque ele contava ao pai as coisas erradas que faziam. E gostaram ainda menos depois que o seu pai deu a José uma túnica longa, de mangas compridas. E eles não gostaram mesmo quando José, um dia, contou:

— Eu tive um sonho. Nós tínhamos feixes de trigo, e os feixes de vocês se curvaram diante do meu, como se eu fosse o rei de vocês.

— Nosso rei? — Seus irmãos resmungaram. — De jeito nenhum!

Depois, José disse:

— Eu tive outro sonho. O Sol, a Lua e as estrelas se curvavam diante de mim!

Um dia, José foi enviado para ver se os seus irmãos estavam bem. Quando eles o viram, tramaram:

— Vamos nos livrar daquele sonhador que pensa que é grande coisa.

Então, eles agarraram José e o jogaram em um poço.

Mais tarde, um grupo de mercadores montados em camelos passou por ali.

— Para onde vocês vão? — perguntaram os irmãos.

— Para o Egito — responderam os homens.

Então, os irmãos de José o venderam para os mercadores.

— Vamos sujar a túnica nova de José e dizer para o nosso pai que um animal selvagem o matou — decidiram os irmãos.

E foi o que fizeram.

José, o sonhador

José e a esposa de Potifar | (Gênesis 39)

Os mercadores venderam José como escravo para o capitão da guarda do rei, um homem chamado Potifar. Deus estava com José, por isso ele fazia muito bem o seu trabalho. José cresceu e se tornou um homem simpático e bonito, tão bonito que a esposa de Potifar se apaixonou por ele.

— Fique comigo — pediu ela.

— Não! — discordou José. — Isso é errado, pois você é casada! Depois desse dia, José tentava sempre ficar longe dela.

A esposa de Potifar ficou brava porque José não fazia o que ela queria. Um dia, quando ninguém estava olhando, ela pegou a capa de José. Então, ela a levou até o seu marido e mentiu, dizendo:

— Veja! José veio até mim para me envergonhar.

Por isso, Potifar lançou José na prisão do rei. Mas Deus estava com José. Logo que foi preso, José ficou encarregado de todos os prisioneiros e de tudo que se fazia na prisão.

Recado de Jesus

"Como vocês serão felizes se tiverem de sofrer por fazerem o que é certo! Não tenham medo de ninguém, nem fiquem preocupados."

(1PEDRO 3:14)

Às vezes você vai sofrer por fazer o que é certo, como aconteceu com José. Não se preocupe quando isso acontecer, pois eu estou sempre com você. Chame por mim, e eu irei confortar você. Eu posso tirar o bem até das coisas más que outras pessoas fazem.

José, o sonhador

José é libertado | (Gênesis 40–41)

Deus entende nossos sonhos. Enquanto José estava na prisão, Deus permitiu que ele também entendesse sonhos. O homem responsável por servir o vinho do rei se meteu em uma encrenca e foi preso. Na prisão, ele teve um sonho e pediu que José o explicasse. José lhe disse:

— Seu sonho significa que você vai sair da prisão daqui a três dias. Quando isso acontecer, peça para o rei me deixar sair também.

José estava certo! O homem foi libertado. Mas ele só se lembrou de falar ao faraó sobre José... dois anos depois!

O rei do Egito também teve um sonho e perguntou ao homem que servia o seu vinho se poderia explicá-lo.

— Eu não posso — disse o homem —, mas lembro de um jovem que está na prisão. Ele pode.

O rei mandou trazerem José, que explicou o sonho.

— Maravilhoso! — exclamou o rei. — O Espírito de Deus está neste homem.

Então, o faraó libertou José. Estava tão impressionado que o colocou como governador de todo o Egito.

José, o sonhador

José perdoa os irmãos | (Gênesis 42–47)

Uma grande fome se espalhou por muitos países. Ninguém encontrava comida. Lá em Canaã, a família de José estava morrendo de fome.

— Estamos com muita fome! — lamentavam eles.

Naquela ocasião, José era o governador do Egito e, por causa de sua sábia liderança, havia estocado uma quantidade imensa de grãos. As pessoas vinham de todos os lugares para buscar esse alimento. E os irmãos de José vieram também. Não sabendo o que tinha acontecido, não o reconheceram quando se ajoelharam diante dele. Ele havia crescido! Mas José os reconheceu.

— Ó governador! O senhor pode nos vender alguns grãos, por favor? — pediram.

Depois de todos aqueles anos! Os irmãos de José estavam diante dele e não sabiam quem ele era.

"Será que eles ainda são aqueles homens maus que me venderam como escravo?", pensou. Ele os questionou e testou muitas vezes para ver se tinham mudado.

E eles tinham! Então, José gritou:

— Eu sou José, irmão de vocês!

Eles ficaram tão surpresos que não sabiam o que falar. Haviam sido tão cruéis muitos anos antes, e agora José era um governador poderoso e cheio de autoridade. O que poderia lhes acontecer?

Eles não precisavam se preocupar: José já os havia perdoado.

Apesar do plano maligno dos irmãos — ferir José —, Deus o transformou em alguém bom. José estava no Egito e era responsável por estocar comida; por meio dele Deus salvou os seus familiares da fome. Eles se mudaram para o Egito, e quando Jacó chegou, José foi recebê-lo e o abraçou com muita saudade. Eles derramaram lágrimas de alegria porque Deus os havia reunido outra vez.

Recado de Jesus

"Não fiquem irritados uns com os outros e perdoem uns aos outros [...]. Assim como o Senhor perdoou vocês, perdoem uns aos outros."

(COLOSSENSES 3:13)

A vida não é sempre tranquila. Quando as pessoas fazem coisas que machucam você, quero que você as perdoe, lembrando que eu sempre perdoo você. Eu paguei um preço muito alto para que você e todos os outros que confiam em mim como Salvador fossem perdoados. Quando você perdoa alguém que o feriu, isso me faz feliz. E irá fazer você feliz também.

A história de Moisés

Um bebê em um cestinho (Êxodo 1–2)

A família de Jacó viveu no Egito por uns quatrocentos anos após ele morrer. E ela cresceu muito! Mães, pais, criancinhas, jovens, avós, avôs, tias, tios, primos. Mesmo vivendo no Egito, eles se chamaram de israelitas (lembra-se do novo nome de Jacó?). Eles eram o povo de Deus.

Mas o Egito tinha um novo rei — um rei mau. Ele odiava os israelitas e os escravizou. Ele planejou matar todos os meninos recém-nascidos para que a família de Jacó ficasse menor e menor.

Para proteger o seu filhinho recém-nascido, uma mãe fez um cestinho que podia flutuar. Ela o escondeu no cesto e o deixou entre os juncos, na beira do rio Nilo. A irmã do bebê observava para ver o que ia acontecer.

A filha do rei estava na beira do rio aquele dia e o viu flutuando no cestinho.

— Como você é bonitinho! — cochichou a princesa.

Ela ficou com muita pena do bebê e o adotou. Ela colocou nele o nome de Moisés, que significa "eu o tirei da água".

A história de Moisés
Deus fala com Moisés | (Êxodo 2–3)

Apesar de ter sido criado no palácio do rei do Egito, Moisés sabia que era israelita. Um dia, ele matou um egípcio que estava machucando um companheiro israelita. Isso deixou o faraó muito bravo. Moisés, então, ficou com medo e fugiu.

Deus sabia como o rei tratava mal os escravos. Ele não gostava nem um pouco disso e estava pronto para fazer alguma coisa.

Enquanto Moisés cuidava de algumas ovelhas no deserto, ele viu que um espinheiro estava em chamas, mas não se queimava. Moisés chegou mais perto para ver.

— Moisés! Moisés! — Deus chamou-o do meio do espinheiro. Moisés não podia acreditar que Deus estivesse falando com ele. — Tire as suas sandálias, Moisés, pois o lugar onde você está é um lugar sagrado. Eu sou o Deus de Abraão, Isaque e Jacó. Eu sei como o rei maltrata o meu povo. Diga aos israelitas que eu irei salvá-los. Diga-lhes que eu enviei você. Então, vá ao rei e lhe diga: "Deixa o meu povo ir."

Deus estava mandando Moisés de volta para o Egito. Ele não sabia que Moisés tinha fugido? Não sabia que ele estava apavorado?

Deus sabia todas essas coisas, mas ele tinha grandes planos para Moisés. Por isso, Moisés obedeceu a Deus. Ele e o seu irmão Arão foram ver o rei.

A história de Moisés

A Páscoa | (Êxodo 5-12)

Moisés e Arão falaram ao rei:

— Deus diz: "Deixa o meu povo ir."

— Não — respondeu o rei.

Eles falaram mais uma vez. O rei novamente negou e, depois disso, foi *realmente* mau com os escravos.

Deus havia decidido punir o povo do Egito. Mas ele também queria mostrar que era muito maior do que os deuses do Egito. Então, enviou dez pragas: um rio fedorento, rãs para todos os lados, piolhos em todo mundo, moscas no ar, morte de animais, feridas, chuva de pedra, gafanhotos, escuridão total...

Apesar disso, o rei continuava dizendo:

— Não! Eu não vou deixar o seu povo ir!

Então, Deus disse:

— Eu vou passar pelas casas do Egito, e a morte virá para todos os filhos mais velhos, mesmo os dos animais.

Mas ele também disse para cada família israelita matar um cordeiro e passar um pouco do sangue nos batentes da porta da frente da casa. Esse sinal indicaria que eles eram o povo de Deus e salvaria os seus filhos e animais. Um dia, Jesus viria morrer como aqueles cordeiros para salvar pessoas de serem punidas pelos pecados que elas cometeram. É por isso que Jesus é chamado de Cordeiro Pascal.

Quando Deus fez o que prometeu, todos os filhos mais velhos do Egito, incluindo os dos animais, morreram — mesmo o filho do rei. Assim, o rei disse a Moisés:

— Junte o seu povo e saiam daqui!

Recado de Jesus

"Para terminar: tornem-se cada vez mais fortes, vivendo unidos com o Senhor e recebendo a força do seu grande poder."

(EFÉSIOS 6:10)

Eu faço você ser forte para fazer muitas coisas, mas quero que você as faça com minha ajuda. Quando você confiar de verdade em mim, eu poderei fazer coisas que você nunca imaginou, assim como fiz pelos filhos de Israel. Meu grande poder é muito, muito maior do que o de todas as pessoas mais fortes do mundo juntas — incluindo reis, presidentes e grandes atletas!

A história de Moisés

Moisés, o grande líder | (Êxodo 14–16)

Deus tirou Moisés e os israelitas do Egito.

Mas, no Egito, o rei estava furioso consigo mesmo:

— O que foi que eu fiz? Onde estão os meus escravos? Eu não podia ter libertado os israelitas!

Então, ele ordenou que o seu exército os seguisse. Os soldados montaram nos cavalos. Os carros de guerra foram preparados. Milhares de soldados prontos para atacar com suas armas... todos atrás do povo de Deus.

Os israelitas viram que os soldados egípcios estavam chegando e ficaram preocupados. Diante deles estava o grande mar Vermelho.

— Levante o bastão que você tem nas mãos, Moisés — disse Deus. — Estenda-o sobre o mar.

Moisés obedeceu. O vento soprou... o mar recuou... e um caminho seco apareceu, com muralhas de água nos dois lados. O povo de Deus passou apressadamente por ali até que todas as pessoas alcançaram o outro lado. Os egípcios tentaram persegui-los, mas Deus fez o mar voltar ao normal, salvando o seu povo das mãos dos soldados do rei.

E os israelitas cantaram:
— Deus é tão poderoso que pode fazer com que o mar se abra para salvar o seu povo!

Os israelitas caminharam todos os dias por aproximadamente seis semanas. Com isso, ficaram com fome e irritados.

— Por que vocês nos libertaram? — reclamaram com Moisés e Arão. — Quando éramos escravos, nós tínhamos comida. Agora estamos com fome!

Deus ouviu e enviou um bando de codornas para o jantar dos israelitas. E disse ainda a Moisés:

— Amanhã vou fazer chover pão do céu. Diga ao meu povo para pegarem o pão, mas apenas o que eles precisam para cada dia.

Na manhã seguinte, o povo viu uma coisa parecida com escamas por cima da areia do deserto.

— O que é isso? — perguntaram a Moisés.

— Isso é o pão que Deus mandou dos céus — respondeu ele.

A cada manhã, com exceção do dia de descanso, onde quer que os israelitas estivessem, flocos de pão caíam do céu e cobriam o chão. O povo chamou aquilo de *maná*. Por quarenta anos, enquanto eles caminharam pelo deserto, o maná os alimentou.

A história de Moisés
Os Dez Mandamentos | (Êxodo 19–31)

Deus prometeu aos israelitas um lugar especial para eles viverem. Mas, antes de irem para lá, Deus queria que eles entendessem suas regras. Chamou Moisés para que se encontrassem no alto de um monte. Moisés esteve lá por quarenta dias e noites, aprendendo as leis divinas. Deus lhe deu, então, duas grandes placas de pedra. Nelas, gravou os Dez Mandamentos, dez regras especiais a que devemos obedecer:

1. ***Reconhecer Deus como o único Deus.***
2. ***Adorar apenas a Deus.***
3. ***Ser respeitoso no uso do nome de Deus.***
4. ***Guardar o dia do Senhor.***
5. ***Honrar os pais.***
6. ***Não matar.***
7. ***Manter as promessas do casamento.***
8. ***Não roubar.***
9. ***Não mentir.***
10. ***Não querer o que os outros têm.***

Recado de Jesus

"Obedeçam às minhas leis. Eu sou o SENHOR."

(LEVÍTICO 22:31)

Eu lhe dei meus mandamentos porque o amo muito. Quando os seguir, você não dará alegria apenas a mim; você fará sua vida cheia de alegria. Eu sei o que é melhor para você, pois eu o criei — eu o formei antes de você nascer. Eu sou o seu Criador!

A história de Moisés
Um bezerro de ouro | (Êxodo 32–33)

Moisés ficou muito tempo no monte com Deus, e os israelitas pararam de confiar em Deus. Eles disseram a Arão:

— Nós precisamos de um deus que nos lidere.

Arão, então, pediu para entregarem suas joias de ouro. Ele fundiu o ouro e o modelou no formato de um bezerro.

Os israelitas se ajoelharam diante do bezerro e lhe trouxeram presentes. Eles dançaram em torno dele e o adoraram.

Deus ficou realmente muito irado quando viu o seu povo adorando uma estátua. Ele enviou Moisés de volta para os israelitas.

— O que você fez? — Moisés gritou com Arão. — Confie somente em Deus!

Moisés pediu a Deus que perdoasse o povo. Apesar de ter punido os israelitas, Deus nunca deixou de amá-los. Ele ordenou que continuassem a caminhar em direção à Terra Prometida.

Recado de Jesus

"Mas eu — eu mesmo — sou o seu Deus e por isso perdoo os seus pecados e os esqueço."

(ISAÍAS 43:25)

Quando você faz alguma coisa errada, lembre-se de que eu ainda o amo. Apenas venha a mim e diga que se arrepende. Você é precioso para mim, por isso nada pode me fazer parar de amar você. Eu vou perdoar as coisas erradas que você fez e vou ajudá-lo a fazer as coisas certas.

Espiões! | (Números 13–14)

Moisés separou 12 dos seus melhores homens e lhes disse:

— Vão! Espionem nossos inimigos. Passem às escondidas pela terra que Deus prometeu nos dar e tragam um relatório. Vejam se o povo nela é forte ou fraco. Venham nos dizer como são as cidades e a terra. Se puderem, tragam algum fruto que nasça lá.

Os homens fizeram o que Moisés disse e espionaram Canaã por quarenta dias.

Eles trouxeram um cacho de uvas que era tão grande que precisou de dois homens para carregá-lo!

— A terra é muito boa para as plantações, mas as cidades têm muralhas e as pessoas ali são gigantes! Elas são tão grandes e fortes que nós nos sentíamos pequenos como gafanhotos — disseram.

Um dos espiões, Calebe, interrompeu:

— Ei! Aqueles caras grandes não podem nos assustar! Deus está conosco! Vamos pegar nossa terra daqueles povos. Eles acreditam em falsos deuses e servem a ídolos.

Seu amigo, Josué, concordou:

— Vamos fazer isso!

A fé deles agradou a Deus, mas os outros dez espiões ficaram com medo. A viagem do Egito à Terra Prometida poderia ter durado apenas 11 dias, mas, porque os israelitas não confiaram em Deus, tiveram de perambular pelo deserto por quarenta longos anos!

Somente Josué, Calebe e os israelitas mais novos puderam entrar na Terra Prometida.

Recado de Jesus

"Não tenham medo deles [dos inimigos],
pois o Senhor, seu Deus, combaterá por vocês."

(DEUTERONÔMIO 3:22)

Eu sei que o mundo às vezes é bem assustador. Muitas pessoas são maiores que você, e é fácil ficar com medo disso. Mas lembre-se: eu irei combater por você. Seja valente por confiar em mim. Eu me agradarei de você, assim como me agradei de Josué e de Calebe. Quando você sentir medo, diga: "Eu confio em ti, Jesus!"

Josué e as muralhas de Jericó (Josué 2)

Na Terra Prometida havia uma grande cidade chamada Jericó. Josué, o novo líder dos israelitas, enviou dois homens para espionar a cidade e descobrir como poderiam tomá-la. Será que precisariam de uma grande batalha? Espadas e lanças funcionariam? Talvez um ataque surpresa?

Os espiões se esconderam na casa de uma mulher chamada Raabe. Quando o rei de Jericó ouviu que eles estavam lá, enviou mensageiros para falar com a mulher.

— Traga esses espiões para fora! — exigiram eles.

Mas Raabe falou:

— Eles já foram embora. Se vocês correrem, talvez consigam alcançá-los.

Os mensageiros saíram para encontrar os espiões.

Os espiões estavam no telhado da casa de Raabe, escondidos debaixo de varas de linho amontoadas ali.

— Eu ouvi que Deus deu esta terra para vocês — disse ela. — O povo aqui está morrendo de medo e preocupado com a grande batalha que vai acontecer. Se eu ajudar vocês, vocês podem me ajudar? Prometam-me que Deus irá proteger a mim e a minha família.

Depois que os espiões prometeram, Raabe usou uma corda para ajudá-los a descer até o chão.

— Quando a batalha começar, fique dentro de casa com sua família — orientaram os espiões. — Amarre este cordão vermelho na janela e vocês estarão a salvo.

E foi o que Raabe fez.

— Soldados, marchem!

Josué e o seu exército marcharam para tomar Jericó. Mas os portões da cidade estavam fechados, e o seu povo não iria se entregar sem luta.

Deus disse a Josué:

— Marche ao redor das muralhas de Jericó uma vez por dia. À frente, irão sete sacerdotes, cada um com uma corneta; mas diga-lhes para não tocarem. Façam isso por seis dias. No sétimo dia, marchem ao redor das muralhas sete vezes. Na última volta, os sacerdotes tocarão as cornetas e todo mundo gritará.

Essas instruções pareciam malucas! Não era como Josué esperava vencer uma batalha. Mas ele obedeceu a Deus.

— Em frente! Marchem! — mandou ele.

Eles andaram em torno das muralhas: o exército, os sacerdotes e Josué.

No sétimo dia, eles marcharam ao redor das muralhas sete vezes. Na última volta, *Ta-ra-rá*, as cornetas soaram.

— Gritem! — Josué ordenou.

As muralhas de Jericó caíram, o exército entrou na cidade e a conquistou.

Lembra-se de Raabe? Ela e a sua família estavam seguras durante a grande batalha de Jericó. Ela se tornou a tataravó do rei Davi, e Jesus nasceu de sua descendência.

Recado de Jesus

"Filhos, o dever cristão de vocês é obedecer ao seu pai e à sua mãe, pois isso é certo."

(EFÉSIOS 6:1)

Josué seguiu as instruções mesmo pensando que elas eram muito estranhas. Ele entendeu que eu sei o que é melhor, e confiou em mim. Você é meu filho e quero que me obedeça. Também quero que você obedeça aos seus pais, pois isso é o certo.

O pequeno exército de Gideão (Juízes 6–7)

Os israelitas erraram de novo: eles se esqueceram de Deus. E logo as coisas ficaram bem ruins. Dessa vez, eles perderam a terra para um poderoso inimigo, os midianitas. "Ajude-nos!", pediram a Deus. Em resposta, Deus enviou um anjo a um jovem chamado Gideão. Mas aquele jovem não se considerava um líder importante; ele era só um trabalhador que estava malhando o trigo. Porém Deus tinha uma importante mensagem para ele.

— Gideão! — chamou ele. — Vá salvar meu povo!

— Quem? Eu? — perguntou Gideão. — Eu sou muito fraco!

— Eu o escolhi — afirmou Deus. — E eu estarei com você.

Gideão queria um exército bem grande para lutar contra os midianitas. Mas Deus lhe permitiu ter apenas trezentos homens. Imagine: trezentos homens para lutar contra 135 mil poderosos soldados! Ainda assim, Gideão confiou em Deus.

Cada soldado tinha uma corneta e um jarro de barro com uma tocha dentro. Uma noite, o exército de Gideão rodeou o acampamento inimigo. Eles tocaram as cornetas, quebraram os jarros e levantaram as tochas.

— Pelo Senhor! — gritaram.

Isso confundiu os midianitas.

— Vamos fugir daqui! —, exclamaram, e correram para bem longe.

Por meio de um homem fraco e sem importância chamado Gideão, Deus devolveu a terra aos israelitas.

Recado de Jesus

"Quando perco toda a minha força, então tenho a força de Cristo em mim."

(2CORÍNTIOS 12:10)

Mesmo Gideão se achando fraco, Deus o usou de uma maneira poderosa. Minha força trabalha melhor na fraqueza humana. Por isso, não tente ser forte por você mesmo. Confie em mim e deixe meu poder se manifestar por meio de sua fraqueza.

Sansão, o homem forte | (Juízes 14–16)

Sansão era muito forte? Ele era tão forte que podia despedaçar um leão, arrancar os portões de ferro de uma cidade ou matar um bando de homens maus. Infelizmente, esse líder superforte dos israelitas estava mais interessado em servir a si mesmo do que a Deus. Ele liderou certa vez o povo de Deus ao lutar contra outro inimigo: os filisteus. Os filisteus odiavam Sansão. Eles queriam matá-lo, mas tinham medo dele.

— Talvez sua namorada, Dalila, possa descobrir o que o faz ser tão forte — disseram eles.

Dalila era filisteia; por isso, concordou em ajudá-los.

Quando eles estavam sozinhos, Dalila perguntou:
— Sansão, o que faz você ser tão forte? — Mas Sansão não lhe dizia. — Por favor, querido! — insistia ela. E continuou perguntando e perguntando até que, por fim, Sansão revelou:
— É meu cabelo comprido — resmungou ele. — Sem ele, eu fico fraco. Então, foi dormir.
Enquanto ele dormia, Dalila trouxe alguém para lhe cortar o cabelo. Depois disso, ela gritou:
— Os filisteus estão chegando! Sansão acordou e os seus inimigos o prenderam. Sem o cabelo, ele estava fraco demais para lutar. Os filisteus o cegaram e o jogaram em uma prisão.

Os filisteus adoravam um deus chamado Dagom, que era um homem-peixe. Eles fizeram uma festa no seu templo para honrar esse deus falso, e Sansão seria a diversão deles. No entanto, Sansão estava arrependido — ele havia dito isso a Deus — e o seu cabelo havia crescido de novo. Isso lhe devolveu sua força sobrenatural. Enquanto milhares de filisteus o observavam, Sansão pensou: "Todos os líderes filisteus estão aqui. Eu sei como fazê-los pagar por terem-me cegado... mas isso vai custar minha vida."

Sansão decidiu que valeria a pena. Ele parou entre as duas grossas colunas no meio do templo.

— Deus, por favor — orou ele —, me dê força. Deixe-me, com um empurrão só, me vingar dos filisteus.

Então Sansão empurrou as colunas o mais forte que pôde, quebrando-as em pedaços. O templo caiu, matando Sansão e todos os líderes filisteus.

Deus salvou novamente! Dessa vez ele usou Sansão, que nem mesmo era um homem muito bom, para salvar o seu povo dos inimigos.

Recado de Jesus

"Se alguém pecar, temos Jesus Cristo, que faz o que é correto; ele nos defende diante do Pai."

(1JOÃO 2:1)

Sansão gastou muito tempo vivendo afastado de meu Pai. Ao final, voltou-se para ele e ele o perdoou. Não deixe que isso aconteça entre nós. Quando você fizer algo que faça com que se sinta longe de mim, volte-se para mim arrependido. Por você ser precioso para mim, eu o perdoarei. Quero que você viva sempre próximo de mim.

Rute e Noemi | (Rute 1–4)

— Espere por mim! — pediu Rute a sua sogra, Noemi. — Eu vou com você. Seu Deus será meu Deus e eu nunca a deixarei. Rute era bonita por dentro e por fora. Seu marido e seu cunhado, filhos de Noemi, haviam morrido. O marido de Noemi também. Por isso, aquela senhora decidiu voltar para o lugar onde havia morado. Mas Rute não quis deixá-la ir sozinha. Assim, as duas mulheres viajaram muitos quilômetros até Belém, cidade natal de Noemi.

Elas chegaram lá, mas eram tão pobres que não tinham como comprar comida. Então, Rute foi recolher as espigas caídas que encontrou nos campos que pertenciam a Boaz, um parente rico de Noemi. Quando ele a viu recolhendo as espigas, convidou-a para uma refeição.

— É maravilhoso ver como você é bondosa com Noemi — comentou Boaz. — Que Deus recompense você por sua bondade.

Antes de Rute sair, Boaz certificou-se de que ela tivesse alimento em quantidade para partilhar com Noemi.

Quando Rute chegou em casa com toda aquela comida, Noemi disse:

— Deus abençoe Boaz! Ele é um parente próximo de meu marido. Ele irá cuidar de nós.

Então, Noemi teve uma ideia: ela pensou que seria bom se Boaz casasse com Rute. E Boaz também achou isso uma boa ideia!

Boaz e Rute se casaram e tiveram um filho, a quem chamaram de Obede. Sua avó, Noemi, o amou, e ele a amava também. Quando Obede cresceu, ele teve um filho e, mais tarde, seu filho teve um filho. E esse garoto cresceu e se tornou um rei poderoso chamado Davi.

Deus não é maravilhoso? Ele recompensou Rute por sua bondade e transformou a tristeza de Noemi em uma vida cheia de alegria. Deus usou pessoas de diferentes países, como Rute e Raabe, em seu plano de ajudar as pessoas.

Recado de Jesus

"Todas as coisas trabalham juntas para o bem daqueles que amam a Deus."

(ROMANOS 8:28)

Tudo o que acontece com você está de acordo com meu plano, se você me amar. Confie a mim as coisas grandes de sua vida, como as amizades e os planos para o futuro. Você também pode confiar a mim as pequenas coisas do dia a dia. Lembre como meu Pai cuidou de Rute e de Noemi. Nada é muito grande ou muito pequeno para mim. Então, fale comigo sobre tudo.

A oração especial de Ana (1Samuel 1–2)

Ana suplicava a Deus por um filho. Ela queria um bebê mais do que qualquer outra coisa. Quando ia ao templo (que é como uma igreja), Ana chorava e orava com muito fervor.

— Deus, se tu me deres um filho, eu o trarei de volta a ti para que ele te sirva.

Um sacerdote chamado Eli ouviu a oração dela.

— Que Deus lhe dê o que você tem pedido — disse ele.

Deus ouviu a oração de Ana e lhe deu um filho. Ela chamou o bebê de Samuel. Quando Samuel ficou um pouco mais velho, Ana o levou para viver com o sacerdote Eli, que ensinou o rapaz a servir a Deus. Ana nunca ficou muito longe do filho, pois ela o amava: ele era seu presente especial para Deus.

Ana continuou orando a Deus e, porque ela era fiel, Deus lhe deu mais filhos. E Samuel? Ele cresceu e se tornou um dos homens mais importantes de Israel.

Recado de Jesus

"Escuta, ó SENHOR, a minha oração [...] pedindo socorro!"

(SALMOS 86:6)

Eu amo ouvir as suas orações. Venha a mim e me diga o que você quer. Eu sei exatamente o que você precisa e vou respondê-las. Quando você perceber como trabalho em sua vida, sua fé em mim vai se tornar mais forte. Venha a mim com um coração agradecido e confie que vou fazer o que for melhor.

Deus fala a Samuel (1Samuel 3)

O jovem Samuel já havia se preparado para dormir quando ouviu:

— Samuel, Samuel!

Ele correu para o quarto de Eli.

— O senhor me chamou? — perguntou ele.

Eli ainda estava com muito sono.

— Volte para a cama — resmungou o sacerdote. E o garoto obedeceu.

Então, ele ouviu novamente:

— Samuel!

— Eu estou aqui, Eli — disse Samuel.

Isso aconteceu três vezes, até que Eli entendeu:

— Samuel, é Deus quem está falando com você. Permaneça na cama e ouça!

Deus estava falando com Samuel, pois queria que ele transmitisse uma mensagem especial a Eli.

— Deus, eu estou ouvindo — afirmou Samuel.

— Os filhos de Eli estão dizendo e fazendo coisas ruins contra mim — Disse Deus. — Eli não tem feito nada para impedi-los. Por isso, eu vou puni-los.

De manhã, Samuel contou a Eli tudo o que Deus havia falado. Todo o povo de Israel também ficou sabendo que Deus havia conversado com Samuel. Deus permaneceu sempre próximo de Samuel, e ele amou e obedeceu a Deus enquanto crescia.

Recado de Jesus

"Vocês vão me procurar e me achar, pois vão me procurar com todo o coração."

(JEREMIAS 29:13)

Você pode não ouvir a minha voz tão alto como Samuel. Mas, se ouvir com atenção, você poderá me escutar em seu coração. Encontre um lugar silencioso e fique ali. Eu vou falar a você com suavidade e carinho: "Eu estou com você. Eu estou com você. Eu amo você."

A história de Davi

Davi, o rei escolhido por Deus | (1Samuel 16)

Samuel era um profeta de Deus, ou seja, um mensageiro. Por isso, continuava ouvindo Deus e contando ao povo o que ele dizia. Um dia, Deus lhe falou:

— Vá à pequena cidade de Belém. Lá você vai encontrar um homem chamado Jessé. Eu escolhi um dos filhos dele para ser o rei de Israel. Eu lhe direi qual é quando você os encontrar.

Jessé trouxe um por um dos seus filhos até Samuel. O primeiro era muito bonito. O seguinte parecia ser bem forte. "Certamente o rei deve ser um destes", pensou Samuel.

Mas Deus disse:

— Você está enganado. A aparência não importa para mim. Eu vejo o que está no coração do homem.

Jessé trouxe outros cinco filhos a Samuel, e Deus disse:

— Não, não, não, não e não!

— São só esses? — perguntou Samuel.

— Davi, meu filho caçula, está cuidando das ovelhas — respondeu Jessé.

Samuel mandou chamá-lo. Apesar do tamanho, Davi era um belo rapaz, saudável e de olhos brilhantes.

— É este! — disse Deus.

Muitos anos mais tarde, outro rei viria de Belém, da família de Davi. Ele é o Rei de todos os reis: Jesus Cristo.

A história de Davi

Davi e Golias | (1Samuel 17)

Você se lembra dos filisteus, aqueles caras maus? Pois bem: eles queriam lutar contra os israelitas de novo. E tinham um soldado bem grande, na verdade, um gigante. O nome dele era Golias. Ele tinha quase três metros de altura e vestia capacete e armadura de bronze. Ele carregava uma enorme lança. Todos os dias, gritava para o povo de Deus:

— Venham lutar comigo! Venham!

E Golias dizia coisas terríveis contra Deus. Os soldados israelitas estavam apavorados. Até Saul, o rei, sentia muito medo. Então, Deus lhes enviou ajuda: o jovem pastor Davi.

— Eu não tenho medo — disse Davi. — Eu vou enfrentá-lo. Deus está do nosso lado.

O garoto não usava armadura. Ele tinha apenas uma funda e uma sacola com cinco pedras e marchou em direção a Golias.

— O que você pretende, garotinho? — caçoou o gigante.

— Você pode ter armas grandes para lutar conosco — respondeu Davi firmemente — mas eu venho em nome do Senhor!

Só se ouviu um "ai!" e *tuuum!* Golias estava no chão. Morto.

Os filisteus fugiram, com o exército de Israel atrás deles. Deus havia resgatado o seu povo novamente, dessa vez por meio de Davi, de uma funda e de uma pedra.

A história de Davi

Davi e Jônatas | (1Samuel 18–20)

Davi se tornou um grande herói, e isso fez o rei Saul ficar com inveja dele. Ele odiava Davi. E tentou matá-lo com uma lança. Duas vezes!

Davi e Jônatas, filho de Saul, eram muito amigos, quase irmãos. Um dia, Jônatas foi a Davi e lhe disse:

— Meu pai tem tanta inveja de você que quer matá-lo! Você precisa fugir dele. Esconda-se no campo. Eu encontro você mais tarde.

Jônatas implorou ao seu pai, o rei Saul, que não matasse Davi, mas Saul jogou a lança nele também! Jônatas fugiu para o campo e encontrou o seu amigo.

— Meu pai não mudou de ideia. Você precisa fugir para bem longe, para um lugar onde fique seguro.

Davi abraçou Jônatas e chorou.

— Não esqueça — avisou Jônatas — que prometemos a Deus que seremos amigos para sempre. Agora, vá, depressa, antes que meu pai venha atrás de você.

Recado de Jesus

"O amigo ama sempre e na desgraça ele se torna um irmão."

(PROVÉRBIOS 17:17)

Os melhores amigos confiam um no outro e se amam. Eles gostam de estar juntos. Eu quero ser o seu amigo mais próximo. Separe tempo para estar e para falar comigo. Eu sei tudo sobre você, as coisas boas e as ruins. Mas eu o amo como se você fosse perfeito. Eu o amo assim não só por ser o seu amigo, mas por ser o seu Salvador.

A história de Davi

Davi poupa a vida de Saul | (1Samuel 24)

Davi fugiu para uma região deserta e se escondeu em uma caverna. Enquanto isso, o rei Saul e três mil dos seus soldados o estavam procurando. Um dia, eles foram até a caverna onde Davi estava escondido. Saul entrou na caverna, sem saber que Davi estava lá dentro. Bem quietinho, Davi veio por trás de Saul e cortou um pedaço da capa dele. Mas, de repente, Davi ficou envergonhado por ter desrespeitado o rei. Depois que Saul saiu da caverna, Davi foi atrás dele, ajoelhou-se em sinal de respeito e gritou:

— Rei Saul!

— Por que o senhor está bravo comigo? — perguntou ao rei. — Veja! — E mostrou o pedaço da capa de Saul. — Eu poderia ter matado o senhor com minha espada, mas não fiz isso. Deus poderá punir o senhor por aquilo que está tentando fazer comigo, mas eu não vou feri-lo.

Saul começou a chorar.

— Você é melhor do que eu — disse ele. — Você pagou o mal com o bem. Você poupou a minha vida. Um dia, Davi, você será um grande rei.

E, como Deus havia prometido, Davi se tornou um grande rei.

A história de Davi

Poemas, cânticos e orações | (Salmos 23; 100)

O rei Davi gostava de escrever poemas, cânticos e orações, chamados salmos, para honrar a Deus:

Salmo 23

O Senhor é o meu pastor: nada me faltará. Ele me faz descansar em pastos verdes e me leva a águas tranquilas. O Senhor renova as minhas forças e me guia por caminhos certos, como ele mesmo prometeu.

Ainda que eu ande por um vale escuro como a morte, não terei medo de nada. Pois tu, ó Senhor Deus, estás comigo; tu me proteges e me diriges.

Preparas um banquete para mim, onde os meus inimigos me podem ver. Tu me recebes como convidado de honra e enches o meu copo até derramar. Certamente a tua bondade e o teu amor ficarão comigo enquanto eu viver. E na tua casa, ó Senhor, morarei todos os dias da minha vida.

Davi escreveu salmos para louvar e agradecer a Deus:

Salmo 100

Cantem hinos a Deus, o SENHOR, todos os moradores da terra!
Adorem o SENHOR com alegria e venham cantando até a sua presença.
Lembrem que o SENHOR é Deus. Ele nos fez, e nós somos dele; somos o seu povo, o seu rebanho.
Entrem pelos portões do Templo com ações de graças, entrem nos seus pátios com louvor. Louvem a Deus e sejam agradecidos a ele.
Pois o SENHOR é bom; o seu amor dura para sempre, e a sua fidelidade não tem fim.

Recado de Jesus

"Ó SENHOR Deus, como é bom dar-te graças! Como é bom cantar hinos em tua honra, ó Altíssimo!"

(SALMOS 92:1)

Quando você é grato a mim, eu me aproximo de você. Agradeça-me por todas as coisas boas de sua vida. E quando as coisas não são como você queria, agradeça-me também. Separe um tempo para me louvar e para me agradecer. Isso fará com que você se sinta feliz. E eu ficarei contente com você.

A sabedoria de Salomão (1Reis 1–4)

Davi envelheceu, e chegou o tempo de eleger um novo rei. O escolhido foi Salomão, seu filho. Davi ficou orgulhoso ao ver Salomão sentado no trono e liderando o povo de Deus. Antes de morrer, Davi deu ao filho instruções importantes sobre como um rei deveria se comportar e, o mais importante, amar a Deus.

Salomão foi para um lugar sagrado para adorar a Deus. E Deus falou com ele por meio de um sonho.

— Peça o que você quiser — disse Deus.

— Eu quero ser um rei bom e justo — pediu Salomão. — Por favor, me dê sabedoria para que eu possa tomar decisões corretas.

Deus ficou feliz por Salomão ter pedido para ser sábio e não para ser rico ou famoso.

— Vou torná-lo o mais sábio dos homens que já existiram — falou Deus.

E deu a Salomão sabedoria, riqueza e respeito aos olhos dos homens. O rei Salomão se tornou tão sábio que pessoas do mundo inteiro vinham ao seu palácio só para ouvi-lo.

Recado de Jesus

"Confie no senhor de todo o coração e não se apoie na sua própria inteligência."

(PROVÉRBIOS 3:5)

Meu Pai deu sabedoria a Salomão para que ele pudesse fazer o que era certo. Por confiar em meu Pai, Salomão se tornou sábio. Isso pode acontecer com você também. Se você separar um tempo para ler a Bíblia e orar a mim, isso o ajudará a confiar em mim e a fazer o que é certo.

Jó, o homem paciente | (Jó)

Jó foi um homem muito abençoado. Ele tinha esposa e muitos filhos, além de muitas propriedades, rebanhos e empregados. Mas a vida de Jó era mesmo abençoada porque ele amava e adorava a Deus.

Um dia, Satanás disse a Deus:

— Jó te ama só por causa das coisas que lhe deste. Sem elas, ele vai se afastar de ti.

Deus permitiu que Satanás tirasse a terra, os animais, os ajudantes e até os filhos de Jó. Ainda assim, Jó adorou a Deus.

— Deixa-me cobrir o corpo de Jó com feridas que causem dor — pediu Satanás. — Assim, ele vai te abandonar.

Deus permitiu isso também. Jó se sentiu triste e miserável. Mas, ainda assim, confiou em Deus.

Alguns amigos de Jó lhe perguntaram:

— O que você fez de errado para Deus punir você desse modo?

No entanto, Jó não havia pecado.

Sua esposa lhe disse:

— Você estaria melhor morto!

No entanto, por pior que Jó se sentisse, ele ainda acreditava em Deus e esperava pacientemente que ele fizesse alguma coisa.

Por fim, Deus falou. Ele lembrou Jó da maravilhosa criação. Ele repreendeu os amigos de Jó por lhe darem maus conselhos. Então, como recompensa pela fidelidade de Jó, Deus lhe devolveu tudo o que Satanás tinha roubado, e mais ainda! Jó viveu 140 anos e louvou a Deus todos os dias.

Recado de Jesus

"Esperei com paciência pela ajuda de Deus, o SENHOR. Ele me escutou e ouviu o meu pedido de socorro."

(SALMOS 40:1)

Todas as pessoas têm problemas. Satanás é o seu inimigo e vai tentar fazer você se afastar de mim, especialmente quando você estiver passando por dificuldades. O melhor louvor que você pode me dar é confiar em mim quando o seu dia for ruim. Fale comigo sobre os seus problemas, e eu irei ajudá-lo a lidar com eles. E também vou lhe dar minha paz.

Os poderosos profetas de Deus

O confronto de Elias no monte

(1Reis 18)

A rainha Jezabel e o rei Acabe eram valentões! Eles faziam maldades o tempo todo. Os dois fizeram os israelitas pararem de confiar em Deus e começar a adorar um ídolo chamado Baal. Eles até mesmo mataram alguns dos profetas de Deus.

Mas um profeta escapou: Elias. E ele confiava em Deus de todo o coração.

— Eu vou provar que o meu Deus é o único Deus real. Eu lanço um desafio — disse Elias. — Vocês, profetas de Baal, podem oferecer um sacrifício ao seu deus, e eu vou oferecer um sacrifício ao meu. O único Deus verdadeiro vai enviar fogo do céu para queimar a lenha e o sacrifício no altar.

Todos os israelitas vieram ver. Os sacerdotes de Baal começaram:

— Manda fogo, Baal! — gritavam eles. Mas nada acontecia.

— O que está errado? — perguntou Elias. — Será que Baal está dormindo? Ou está muito ocupado?

Ele colocou o seu sacrifício sobre o altar. Para provar que não ia usar nenhum truque, Elias pediu que molhassem tudo com muita água. Então, ele orou:

— Por favor, Deus, envia fogo para mostrar que tu és o único Deus verdadeiro!

Vuuuush! Fogo desceu do céu e queimou o altar e o sacrifício encharcados. Os israelitas encostaram o rosto no chão e adoraram a Deus.

Recado de Jesus

"Quem é esse Rei da glória? É Deus, o SENHOR, forte e poderoso, o SENHOR, poderoso na batalha."

(SALMOS 24:8)

Quando você precisar de minha ajuda, chame. Eu vou responder. Eu nunca estou ocupado demais para atender você e nunca durmo. Farei coisas grandes e maravilhosas para mostrar o quanto eu amo você. Eu sou forte e poderoso e posso cuidar bem de você!

Os poderosos profetas de Deus

Eliseu e os carros de fogo (2Reis 6)

Sempre havia alguém querendo roubar a Terra Prometida do povo de Deus. Dessa vez foram os sírios. Eles começaram uma grande luta, e os israelitas podiam ter sido mortos se Deus não tivesse usado Eliseu.

Os soldados inimigos cercaram a cidade de Eliseu, mas ele viu algo que os outros não viam: o exército dos anjos de Deus, com cavalos e carros de fogo estava espalhado por ali. Então — puf! —, Deus cegou os soldados sírios.

— Vocês estão na cidade errada — disse Eliseu a eles, enganando-os. — Venham comigo. Vamos encontrar Eliseu.

Eliseu levou os soldados diretamente para o rei de Israel. O rei queria matá-los, mas Eliseu pediu:

— Não faça isso. Dê um grande banquete a eles e depois os liberte.

Desse modo, Eliseu ensinou aos inimigos sobre o poder e a misericórdia de Deus.

Recado de Jesus

"A vida eterna é esta: que eles conheçam a ti, que és o único Deus verdadeiro; e conheçam também a Jesus Cristo, que enviaste ao mundo."

(JOÃO 17:3)

Meu Pai é o único Deus verdadeiro, e ele me enviou. Mesmo sem me ver, confie que estou sempre com você. Elias e Eliseu pediram a ajuda de meu Pai e foram abençoados. Se você chamar por mim, eu vou abençoá-lo de muitas maneiras. Conhecer-me é a coisa mais importante do mundo!

Os poderosos profetas de Deus

Jonas e o grande peixe | (Jonas)

Deus disse a Jonas:

— Eu quero que você vá a Nínive e diga ao povo dali para se endireitar e me seguir.

Mas Jonas pensou que ele e o seu povo eram melhores que os cidadãos malvados de Nínive, uma cidade muito pecadora. Ele não queria ajudar aquelas pessoas. Por isso, em vez de obedecer a Deus, ele comprou uma passagem em um navio e navegou para longe.

Ninguém pode fugir de Deus, pois ele vê tudo. E Deus viu Jonas.

Deus enviou um forte vento, que produziu uma violenta tempestade no mar. As ondas se chocavam contra o navio e o jogavam de um lado para o outro. Os marinheiros pediam ajuda aos seus falsos deuses, mas nada acontecia. Então, um deles se lembrou de Jonas e o chamou:

— Ei, você! Peça socorro ao seu deus.

— É culpa minha — admitiu Jonas. — Deus está irado. Joguem-me no mar, e ele ficará calmo.

Os marinheiros não queriam machucá-lo, mas, como a tempestade só ficava pior, eles jogaram Jonas no mar. E logo tudo se acalmou.

"Senhor, me ajude!", Jonas orou enquanto afundava mais e mais, em direção ao fundo do mar. Logo que ele pensou isso, um grande e faminto peixe veio e... ***GLUP***! Jonas deslizou por meio dos dentes dele e foi parar em sua barriga. Ali, Jonas disse a Deus que estava arrependido e o louvou por ter-lhe salvado a vida.

— Algumas pessoas se afastam de ti e adoram falsos deuses — disse ele —, mas não eu. Eu prometo cantar louvores a ti, porque sei que tu és o único que pode me salvar.

Mas Jonas ainda não queria ver Deus ajudar o povo de Nínive.

Jonas estava preso dentro do peixe. Após três dias, a barriga do peixão começou a se contorcer, jogando Jonas de um lado para o outro. Então, erguendo-se, o peixe vomitou Jonas na praia, são e salvo.

Deus enviou um peixe para salvar Jonas do mar, e o homem ficou na barriga do peixão por três dias e três noites. Muitos anos depois, Jesus morreu e ficou na tumba por três dias, mas ele voltou à vida no terceiro dia.

Jonas sabia que fugir daquilo que Deus queria que ele fizesse era errado. Depois de ter sido vomitado pelo grande peixe, ele decidiu ir às pessoas de Nínive e lhes falar que a cidade seria destruída em quarenta dias se não se voltassem para Deus. Elas ouviram Jonas e creram. Arrependeram-se, ficaram tristes por tudo de ruim que tinham feito e disseram a Deus como se sentiam. Por isso, Deus não as puniu.

Jonas estava irado por Deus ter perdoado o povo de Nínive. Ele pensava que aquelas pessoas deveriam ser punidas. Assim, Deus teve que ensinar Jonas a amar todas as pessoas, mesmo que elas tenham feito algumas coisas ruins.

Recado de Jesus

"Ó Senhor, ensina-me os teus caminhos! Faze com que eu os conheça bem."

(SALMOS 25:4)

Jonas é como muitas pessoas que tentam fugir de mim em lugar de me obedecer. Mas eu estou em todos os lugares e sei tudo. Por isso, tentar fugir de mim é tolice e é errado. Tente viver o mais perto de mim que você puder. Eu vou lhe ensinar muitas coisas e mostrar a você o caminho certo.

Os poderosos profetas de Deus

Isaías encontra-se com Deus | (Isaías 6-9)

Encontrar-se com um rei é um assunto muito sério. Você pode imaginar, então, como Isaías devia estar nervoso quando Deus, o maior Rei, o Senhor Todo-Poderoso, permitiu que ele desse uma espiadinha no céu.

Na Bíblia, Isaías conta o que ele viu: Deus estava sentado em um trono elevado. O seu manto se estendia pelo Templo inteiro. Criaturas com seis asas estavam em volta dele, e enquanto voavam elas diziam: "Santo, santo, santo é o SENHOR todo-poderoso; a sua presença gloriosa enche o mundo inteiro!"

Deus tinha uma missão especial para Isaías: ele tinha que falar às pessoas que elas estavam pecando. Se elas não se arrependessem e não mudassem de vida, iriam perder o seu país e a liberdade.

Mais tarde, Deus deu a Isaías outra mensagem. Ela falava sobre a misericórdia e o plano de Deus para a salvação do seu povo.

Pois já nasceu uma criança,
Deus nos mandou um menino
que será o nosso rei.
Ele será chamado de "Conselheiro Maravilhoso", "Deus Poderoso",
"Pai Eterno", "Príncipe da Paz".
(Isaías 9:6)

Deus iria enviar Jesus, o Redentor, para libertar o seu povo dos pecados.

Recado de Jesus

"Porque o Filho do Homem veio buscar
e salvar quem está perdido."

(LUCAS 19:10)

Eu tenho muitos nomes: Conselheiro Maravilhoso, Deus Poderoso, Pai Eterno, Príncipe da Paz, Jesus. Eu vim para salvar o mundo do pecado. Eu ouço quem me chama por qualquer um de meus nomes. Eu irei salvá-lo dos seus pecados. Depois, um dia, vamos viver juntos para sempre no céu. Eu prometo.

Daniel, o profeta de Deus (Daniel 2)

De tanto desobedecer a Deus, os israelitas se meteram em muitos problemas. Um rei muito poderoso chamado Nabucodonosor, com o seu grande exército, tirou os israelitas da Terra Prometida.

Esse rei teve pesadelos. Ele mereceu isso, pois tinha capturado os israelitas e roubado a terra deles. O rei sonhou com uma estátua gigantesca, e nenhum dos seus feiticeiros conseguia explicar o que isso significava.

— Eu posso ajudar — disse um prisioneiro israelita chamado Daniel. — Nenhum homem pode dizer o que o seu sonho significa, mas Deus pode.

Deus descreveu para Daniel o sonho assustador do rei, e Daniel o explicou para Nabucodonosor exatamente como Deus lhe havia falado.

— É isso mesmo! — O rei sorriu. — Meu sonho foi assim!

— Você é a cabeça daquela estátua — explicou Daniel. — E uma grande pedra que se soltou de uma montanha esmaga a estátua e a reduz a pó.

O sorriso do rei se transformou em uma careta de desagrado.

— As partes do corpo da estátua são os reinos do mundo — continuou Daniel. — Um dia, Deus irá destruir todos os reinos, incluindo o seu. Somente o Reino de Deus irá durar para sempre.

Nabucodonosor se ajoelhou e encostou o rosto no chão e adorou.

— Agora eu sei — declarou ele — que o seu Deus é o único Deus.

Por fim, o rei mau entendeu. Mas... será mesmo?

Sadraque, Mesaque e Abede-Nego | (Daniel 3)

Mas não demorou muito tempo e o rei Nabucodonosor esqueceu-se do único Deus verdadeiro. Ele mandou fazer uma grande estátua de ouro e estabeleceu uma lei muito maligna:

— Povos de todas as nações, raças e línguas, ouçam minha ordem: quando ouvirem o som dos instrumentos musicais, como trombetas, flautas, harpas, cítaras e liras, vocês devem se ajoelhar e adorar a estátua de ouro. Quem se recusar a fazer isso será imediatamente jogado em uma fornalha acesa.

Ninguém queria ser jogado na fornalha acesa. Então, quando a música tocou, as pessoas se ajoelharam e adoraram a estátua, menos Sadraque, Mesaque e Abede-Nego. Esses homens, que eram israelitas e amigos de Daniel, amavam a Deus e não adorariam a estátua de ouro do rei de modo algum.

— Vocês têm uma chance — alertou o rei. — Quando a música tocar outra vez, ou vocês se ajoelham ou vão para a fornalha. Vamos ver o que o seu Deus fará.

— Nosso Deus é capaz de nos salvar da fornalha; mas, mesmo que ele não o faça, nós continuaremos servindo a ele — disseram os três homens.

Isso deixou o rei furioso! Ele mandou que esquentassem a fornalha sete vezes mais do que de costume.

Os soldados do rei jogaram Sadraque, Mesaque e Abede-Nego na fornalha acesa. Mas o rei não podia acreditar no que estava vendo.

— Vocês não jogaram três homens no fogo? — perguntou ele.

— Sim, majestade! — responderam os seus homens.

— Eu vejo quatro homens lá dentro, e nenhum deles sofreu coisa alguma. — O rei se aproximou da fornalha. — Sadraque, Mesaque e Abede-Nego, venham para cá! — gritou ele.

Então eles saíram, em perfeito estado. Nenhum fio de cabelo deles tinha se queimado, pois Jesus esteve com eles dentro da fornalha. O rei disse:

— Louvado seja o único Deus verdadeiro! Eu decreto que os povos de todas as nações não poderão falar nada de mau do Deus de Sadraque, Mesaque e Abede-Nego.

Recado de Jesus

"Deus é o nosso refúgio e a nossa força, socorro que não falta em tempos de aflição."

(SALMOS 46:1)

Quando você confia em mim, eu protejo você. Quando você tiver algum problema, eu estarei ao seu lado. Não fique com medo. Eu estou com você. Por ser Deus, eu sou a ajuda que não falta nos tempos de aflição.

Daniel e a cova dos leões | (Daniel 6)

Daniel trabalhava com muita dedicação e sabedoria, e o novo rei o recompensou com uma importante função: colocou Daniel como ministro sobre vários governadores. Mas os outros ministros e os governadores não gostaram nem um pouquinho disso! Eles odiavam Daniel por ter se tornado o favorito do rei.

— Nós temos que achar algum motivo para acusar Daniel de fazer coisas erradas — disse um deles.

— Ele não quer adorar a ninguém mais, só a seu próprio Deus — lembrou um outro.

— Talvez possamos usar isso contra ele!

Dessa forma, os governadores elaboraram um plano terrivelmente mau. Mas, para funcionar, eles precisavam enganar o rei.

— Majestade — falaram eles —, o senhor é tão maravilhoso que pensamos que deve honrar a si mesmo. Faça uma lei que diga que as pessoas no seu reino devam adorar apenas ao senhor e a mais ninguém pelos próximos trinta dias. Se alguém desobedecer, deve ser jogado aos leões.

— Que grande ideia! — exclamou o rei. E fez a lei e a assinou.

Quando Daniel ouviu isso, ele se recusou a obedecer. Foi para o quarto, ajoelhou-se perto da janela e orou a Deus como sempre fazia. Os governadores viram o que Daniel tinha feito e foram fofocar para o rei.

— O senhor fez a lei e ela não pode ser mudada! — disseram os homens ao rei.

O rei gostava de Daniel e não queria machucá-lo, mas a lei tinha que ser obedecida. Por isso, ele ordenou que Daniel fosse lançado em uma cova com leões famintos. A cova foi lacrada com uma pedra. Durante toda a noite, o rei ficou preocupado e com esperança de que o Deus de Daniel o salvasse.

Logo que amanheceu, o rei se levantou e correu para a cova.

— Daniel! —gritou ele. — Seu Deus salvou você?

— Sim! — respondeu Daniel. — Deus enviou um anjo para me proteger. Ele impediu que os leões me devorassem.

O rei ficou muito feliz. Ele tirou Daniel da cova e enviou esta mensagem para todo o povo: "Eu ordeno que todas as pessoas em meu reino adorem e honrem o Deus que Daniel adora. Pois ele é o Deus vivo, que vive para sempre. O seu Reino nunca será destruído; o seu poder nunca terá fim."

Desse modo, muitas pessoas de diferentes países puderam conhecer o Deus verdadeiro.

Recado de Jesus

"Orem sempre."

(1TESSALONICENSES 5:17)

Fale comigo todo o tempo, nos dias bons e nos ruins também. Mesmo que as pessoas perto de você não estejam orando, você pode falar comigo silenciosamente. Fale comigo sobre qualquer coisa e descubra as maneiras pelas quais eu responderei a suas orações.

A linda rainha Ester | (Ester)

Aconteceu outra vez: homens maus tiraram os israelitas da Terra Prometida. E até que pudessem voltar, os israelitas viveram na Pérsia, onde o rei Xerxes governava.

Xerxes estava procurando uma esposa e, entre as garotas mais bonitas da Pérsia, ele escolheu Ester. Ela era uma garota pobre, mas muito inteligente e bonita. Era tudo o que o rei queria. Mas Ester tinha um segredo: ela era israelita e o seu primo Mordecai era líder do povo de Israel. Se o rei soubesse disso, poderia não querer casar com ela.

— Case-se com o rei — disse-lhe Mordecai —, mas mantenha em segredo que você é israelita. Os persas não gostam do nosso povo.

No dia do casamento, Ester se sentiu a mais bela das princesas. O rei colocou uma coroa na cabeça dela e, em sua honra, ofereceu um banquete. Aquele dia especial foi feriado em todo o reino.

Mas um homem não queria que eles vivessem felizes para sempre.

Havia um homem mau chamado Hamã, que trabalhava para o rei Xerxes. Ele odiava os israelitas e fez um plano para que todos eles fossem mortos.

Com muito cuidado, Mordecai, o primo de Ester, foi até o palácio e enviou uma mensagem secreta para ela. Seu bilhete dizia: "Hamã quer matar os israelitas. Ajude-nos!" E acrescentava: "Talvez Deus tenha feito você ser a rainha para que, nessa ocasião, possa proteger o seu povo."

Com sua vida correndo grande risco, Ester foi até o rei com um pedido especial. Ela tinha decidido que, caso morresse, morreria servindo a Deus.

Por duas noites, Ester preparou jantares especiais para Hamã e o rei Xerxes. Depois da refeição, seu marido disse:

— Ester, eu lhe darei tudo o que você me pedir, até mesmo a metade do meu reino.

"Arrá!", pensou Ester. "É hora de contar o meu segredo."

— Salve a mim e ao meu povo — pediu ela. — Hamã, seu ministro, está tentando nos matar!

— O quê? — gritou o rei.

Ele não sabia que Ester era israelita. Quando soube que ela podia ter sido morta, mandou castigar Hamã.

O rei Xerxes foi bondoso com os israelitas, e, por causa desse dia, Ester é lembrada por proteger a vida do seu povo, de modo que Jesus pôde nascer dessa família.

Recado de Jesus

"Só eu conheço os planos que tenho para vocês [...]. Sou eu, o SENHOR, quem está falando."

(JEREMIAS 29:11)

Mesmo antes de você nascer, eu já tinha um plano para sua vida. Talvez você não se sinta uma pessoa importante, mas, se você deixar, eu posso usá-lo de maneira maravilhosa. Eu tenho planos para você, e eles são bons!

Neemias, o construtor | (Neemias 1–8)

Crash! Bang! Bam! O inimigo atacou Jerusalém e os muros da cidade vieram abaixo. Os israelitas na Pérsia souberam disso e um deles, Neemias, foi até o rei.

— Nossos inimigos destruíram os muros da nossa cidade. Nós não podemos nos defender — falou ele. — Deixe-me voltar para casa e reconstruir os muros.

O rei concordou. Ele garantiu que Neemias iria com segurança e teria tudo de que precisasse.

Neemias e os seus ajudantes começaram a obra. E, se alguém se sentia desencorajado, Neemias o animava dizendo:

— Deus está do nosso lado! Vamos! Nós podemos fazer isso!

Pouco a pouco, os muros foram erguidos. Como os inimigos estavam por ali, observando, Neemias colocou guardas ao redor. Ele pediu que Deus guardasse os trabalhadores em segurança e os mantivesse na construção, sem se preocupar com nada. Eles carregaram pedras e colocaram os pesados portões de entrada.

— Está feito! — gritou Neemias.

Jerusalém estava segura agora, e finalmente os israelitas podiam voltar para casa.

Recado de Jesus

"Não pensem que eu vim para acabar com a Lei de Moisés ou com os ensinamentos dos Profetas. Não vim para acabar com eles, mas para dar o seu sentido completo."

(MATEUS 5:17)

Ame a Deus em primeiro lugar e ame os outros como a si mesmo. Essa é a parte mais importante da lei de Deus. Mas os israelitas muitas vezes cometiam os mesmos pecados dos povos ao redor deles em lugar de obedecer à lei.

Por vezes, eles perdiam tudo porque não tinham fé no único Deus verdadeiro. Deus usou Neemias para trazer alguns deles de volta para Jerusalém, mas eles ainda precisavam de um Salvador. O povo de Deus nunca será bom o suficiente para salvar a si mesmo. Por isso, Deus me enviou, seu Filho, o único que pode salvar as pessoas para sempre.

O NOVO TESTAMENTO

Finalmente, o tempo chegou. Deus estava pronto. O mundo estava pronto. As estrelas brilhavam no céu em uma noite tão quieta que você poderia ouvir o seu próprio coração batendo. Se ficasse quietinho, fechasse os olhos e respirasse fundo, você poderia sentir algo no ar. Os céus, os campos e a pequena cidade de Belém estavam prontos. Os anjos nos céus estavam prontos.

Era o momento certo para Jesus nascer.

Maria encontra-se com um anjo | (Lucas 1)

Os caminhos e o tempo de Deus são sempre perfeitos. Com o nascimento do seu Filho não foi diferente. Antes de Jesus nascer, Deus escolheu os melhores pais para ele. Sua mãe, Maria, estava noiva de José, o tatata (e mais um monte de tatás!) raneto do rei Davi.

Um dia, Maria estava sozinha quando um anjo apareceu bem diante dela! Ela não podia acreditar no que via.

— Não tenha medo, Maria! — disse Gabriel, o anjo de Deus, com uma voz gentil. — Deus está contente com você. Você terá um bebê, e o nome dele será Jesus. Ele é aquele de quem os profetas falaram. Ele irá salvar o povo de Deus dos seus pecados e governar o mundo para sempre.

O Filho único de Deus, que se chamaria Jesus, estava vindo dos céus.

— Como isso pode acontecer? — perguntou Maria. — Eu não posso ter um bebê, pois não sou casada.

— Deus tem um plano — respondeu Gabriel. — E há mais ainda: Isabel, sua parenta, também vai ter um bebê. Todo mundo pensava que ela estava velha demais para isso, mas nada é impossível para Deus.

Maria não podia acreditar no que estava ouvindo, mas confiava em Deus.

— Eu farei o que Deus quer — disse ela.

E, assim como havia aparecido, o anjo rapidamente desapareceu.

Um bebê chamado João | (Lucas 1)

Isabel e o marido, Zacarias, eram muito idosos e não tinham filhos. Um dia, Zacarias estava no templo, adorando a Deus, quando o anjo Gabriel apareceu diante dele.

— Zacarias, em breve você e Isabel terão um filho. Você deve chamá-lo de João. Ele terá um importante trabalho para fazer para o Senhor.

— Um bebê? Não é possível! — Zacarias não acreditava nas palavras o anjo. — Nós estamos muito velhos para ter um filho — acrescentou ele, assustado.

Gabriel lhe disse:

— Zacarias, porque não acreditou, você não será capaz de falar nada até que ele nasça.

Então, o anjo desapareceu, e Zacarias ficou... mudo!

E Isabel teve um bebê.

— Qual será o nome dele? — perguntou alguém. Zacarias escreveu em uma tabuinha: "Seu nome é João."

De repente, ele sentiu que as palavras saíam de sua boca:

— Seu nome é João!

Desde aquele momento, Zacarias pôde falar novamente. Ele e Isabel louvaram a Deus e perguntaram-lhe sobre os seus planos para o garotinho.

Recado de Jesus

"[Jesus] dizia: Chegou a hora, e o Reino de Deus está perto. Arrependam-se dos seus pecados e creiam no evangelho."

(MARCOS 1:15)

Quando o tempo certo chegou, Deus enviou anjos para anunciar o meu nascimento e o nascimento de meu primo, João Batista. Deus enviou João como o mensageiro que dizia às pessoas para se arrependerem e prepararem-se para mim. Meu Pai nos céus enviou-me para salvar você dos seus pecados. Essa é uma notícia realmente muito boa!

Ele está aqui! | (Lucas 2; Mateus 1; 2)

O imperador queria saber quantas pessoas estavam morando em seu reino. Por isso, cada pessoa deveria voltar para sua cidade natal para ser contada.

Já era noite quando José e Maria chegaram a Belém. A pequena cidade estava abarrotada de gente. Todos os quartos estavam ocupados, e o único lugar que sobrou para passarem a noite foi um estábulo cheio de animais dormindo. Ali, José fez uma cama de feno para Maria. Dali a pouco, o mundo saberia que a parte mais maravilhosa, sublime e poderosa do plano de Deus estava começando. Jesus estava pronto para nascer.

Na calmaria daquela noite, ele veio. O presente de Natal dado por Deus, o único que poderia salvar o mundo.

José o chamou de Jesus.

Sob o olhar de vacas, cavalos, cabras e ovelhas, Maria enrolou o seu bebê em panos macios, para mantê-lo quentinho, e deitou-o no feno do qual os animais comiam.

Deus deu esperança ao mundo por meio de um bebezinho que dormia em uma manjedoura.

Nos campos perto de Belém, pastores estavam cuidando das ovelhas. De repente, uma impressionante luz forte piscou no céu. E muitos, muitos anjos apareceram, cantando louvores a Deus.

Um anjo brilhante disse:

— Não tenham medo! Estou aqui para trazer uma boa notícia para vocês, uma notícia que trará alegria para todos! Hoje mesmo, na cidade de Davi, nasceu o Salvador de vocês: o Messias, o Senhor! Esta será a prova: vocês encontrarão uma criancinha enrolada em panos e deitada em uma manjedoura.

— Uau! Isso é maravilhoso! — falaram os pastores uns aos outros, enquanto corriam para Belém, para encontrar Jesus.

Eles estavam empolgados para conhecer o Filho de Deus. E ajoelharam-se diante de Jesus e o adoraram assim que o viram. Então, saíram e espalharam para todo mundo o que o anjo lhes havia dito. E Maria? Ela passou a noite acordada, agradecendo a Deus e pensando no seu plano misterioso e maravilhoso.

Recado de Jesus

"Eu confio no teu amor. O meu coração ficará alegre, pois tu me salvarás."

(SALMOS 13:5)

Naquela noite especial, há muito tempo, as pessoas se alegraram com a minha vinda ao mundo. Mesmo que você não possa me ver ou tocar em mim, eu ainda estou presente em seu mundo hoje. Eu estou bem aqui, ao seu lado. Eu sempre amei você. Mesmo antes da criação do mundo, eu escolhi você para ser só meu.

Lá no Oriente, alguns homens sábios viram uma estrela brilhante no céu.

— É a estrela dele! — disse um deles. — Um sinal de Deus.

Por isso, eles fizeram uma viagem muito longa, seguindo a estrela e procurando pelo pequeno Rei dos reis.

Eles pararam em Jerusalém, que era governador por Herodes, e pediram informações. Herodes era um rei mau. Ele ficou com inveja ao ouvir sobre esse rei bebê, Jesus.

— Ninguém mais é rei. Somente eu! — resmungou Herodes para si mesmo.

Herodes mentiu para os homens sábios:

— Quando vocês encontrarem Jesus, voltem e me digam exatamente onde ele está. Eu quero ir adorá-lo também.

Então os sábios seguiram a estrela até Belém. E ali encontraram Jesus e Maria. Eles se ajoelharam, adoraram Jesus e lhe deram presentes dignos de um rei. Mas Deus os alertou em sonhos para não dizerem onde Jesus estava. Os sábios obedeceram a Deus e voltaram para casa por outro caminho.

Quando percebeu que os sábios o haviam enganado, Herodes ficou furioso! Ele ficou com tanta inveja de Jesus que mandou seus homens matarem todos os meninos de dois anos para baixo em Belém e na área em volta da cidade. Bem, Deus não deixaria nada acontecer com o Salvador do mundo. Ele enviou um anjo para avisar José:

— Depressa! Pegue Maria e Jesus e vão para o Egito. Fiquem lá até eu dizer para voltarem, porque Herodes quer matar o Filho de Deus.

Na escuridão da noite, sem ninguém ver, José escapou com Maria e Jesus para o Egito. Eles ficaram lá em segurança, até que o malvado rei Herodes morreu.

Recado de Jesus

"Vocês já conhecem o grande amor do nosso Senhor Jesus Cristo: ele era rico, mas, por amor a vocês, ele se tornou pobre a fim de que vocês se tornassem ricos por meio da pobreza dele."

(2CORÍNTIOS 8:9)

Eu deixei o conforto de meu lar celestial para nascer em um estábulo sujo. Eu abri mão de todas as minhas riquezas celestiais e me tornei pobre para que você pudesse ser rico. Quando você confia em mim como seu Salvador, eu lhe dou as melhores riquezas, melhores do que todo o ouro do mundo! Eu dou a você a vida eterna.

O menino Jesus | (Lucas 2)

Quando Jesus era garoto, sua família viajou para Jerusalém para celebrar a Páscoa. No caminho de volta, a multidão era tão grande que os pais de Jesus o perderam de vista. Eles pensaram que seu filho estava junto com os companheiros de viagem, mas não estava. Levou um dia inteiro para perceberem que Jesus tinha ficado para trás.

Eles correram de volta para Jerusalém, perguntando a todos no caminho se alguém tinha visto seu filho. Por fim, encontraram Jesus no templo, ouvindo os mestres da Lei e fazendo perguntas. Os mestres estavam impressionados com o quanto Jesus sabia sobre as verdades de Deus.

— Onde você esteve? — repreenderam seus pais. — Nós estávamos procurando por você!

— Vocês não sabiam que eu devia estar na casa do meu Pai? — respondeu-lhes Jesus.

Jesus estava dizendo a seus pais que, apesar de amá-los e de obedecê-los, sabia que era o Filho de Deus Pai.

Recado de Jesus

"Como eu amo a tua lei! Penso nela o dia todo."

(SALMOS 119:97)

Ouça as minhas palavras na Bíblia. Faça perguntas para que você possa entendê-la. Pense sobre todas as coisas que eu ensino e pense sobre mim. Quanto mais você aprender de mim e passar o tempo conversando comigo, mais você vai se tornar parecido comigo. Isso me fará feliz e fará você feliz também.

João Batista | (Mateus 3)

João, o primo de Jesus, se tornou um homem grande e forte. Ele morava no deserto, usava uma roupa feita de pelos de camelo e comia gafanhotos (uma espécie de grilo crocante) cobertos com mel. O trabalho de João era fazer as pessoas se prepararem para Jesus.

— O Salvador está vindo! — proclamava ele. — Preparem-se para ele! Peçam perdão pelas coisas erradas que vocês estão fazendo!

Muitas pessoas seguiam João, que as batizava no rio. O batismo mostrava a Deus (e a todos que estavam vendo) que elas amavam a Deus e estavam arrependidas de seus pecados.

Um dia, João viu Jesus no meio da multidão, esperando para ser batizado. "Ei!", pensou ele. "Jesus é o Filho de Deus. Ele é o único que pode perdoar os pecados das pessoas. Eu não posso batizar o Salvador."

— Eu é que deveria ser batizado pelo senhor! — disse João a Jesus.

Mas Jesus lhe respondeu:

— É isso que Deus Pai quer que façamos.

Então, João o batizou. Logo em seguida, o céu se abriu, o Espírito Santo desceu de lá como uma pomba, e Deus Pai exclamou:

— Este é o meu Filho querido, que me dá muita alegria!

Recado de Jesus

"É pela própria vontade de Deus que o Filho tem em si mesmo a natureza completa de Deus. [...] Ele trouxe a paz por meio da morte do seu Filho na cruz e assim trouxe de volta para si mesmo todas as coisas, tanto na terra como no céu."

(COLOSSENSES 1:19,20)

Quando vivi na terra, Deus Pai se agradou de mim. Ele estava feliz por eu partilhar seu amor pelas pessoas para que elas viessem a ele por meio de mim. Quando você abre o seu coração para mim e deixa o meu amor brilhar por você para os outros, fico muito alegre com você.

Os 12 ajudantes (Mateus 4; 10; Lucas 5)

Jesus tinha a melhor notícia que já se ouviu! Ele sabia que a melhor e mais importante parte do plano de Deus era salvar as pessoas dos pecados para que pudessem viver com ele no céu para sempre. Jesus queria ajudantes para espalhar essa notícia e falar a todo mundo sobre o que Deus estava fazendo.

Ele procurou pessoas muito espertas para serem seus ajudantes? Não. Ele buscou pessoas muito ricas, que pudessem ajudá-lo com seu dinheiro? Não. Jesus procurou por pecadores comuns, que faziam coisas comuns.

Jesus estava caminhando perto do mar da Galileia. Foi quando viu dois pescadores puxando suas redes. Eram dois irmãos, Pedro e André.

— Venham comigo — chamou-os Jesus —, que eu ensinarei vocês a pescar gente.

Pedro e André souberam, no coração, que Jesus era o Filho de Deus, por isso abandonaram seu trabalho para se unirem a ele.

Em seguida, Jesus viu mais dois irmãos, Tiago e João, que estavam consertando as redes em um barco com o pai.

— Venham comigo! — disse Jesus novamente. E eles também abandonaram seu trabalho de pescadores para seguir com Jesus e serem seus ajudantes. Em lugar de pescar peixe, eles iriam "pescar" pessoas para que elas também conhecessem Jesus!

Jesus reuniu mais ajudantes, chamados discípulos, ao longo do caminho: Filipe, Bartolomeu, Tomé, Tadeu, outro jovem também chamado Tiago, Simão, Judas e um cobrador de impostos chamado Mateus.

Mateus andava com pecadores, mas isso não preocupava Jesus. Ele já sabia que Mateus deveria deixar tudo, seu dinheiro e seu emprego, para trás se quisesse se tornar um dos ajudantes.

— Você me seguirá? — perguntou Jesus a Mateus.
— Seguirei! — respondeu Mateus. — Sim, eu o seguirei!
Mateus estava tão feliz que convidou seus amigos para um jantar; assim, eles poderiam encontrar Jesus e os outros discípulos. Mas alguém perguntou por que Jesus iria comer com um bando de pecadores.
— Eu vim para salvá-los — disse Jesus. — Eles precisam de mim mais do que todos.
Jesus não fugia dos pecadores. Mais do que qualquer coisa, ele queria salvá-los. Jesus e seus ajudantes, os 12 discípulos, queriam que todas as pessoas conhecessem o grande plano de Deus.

Recado de Jesus

"Venham comigo, que eu ensinarei vocês a pescar gente."

(MATEUS 4:19)

Você não precisa ser perfeito para me seguir. Você precisa apenas crer em mim e confiar em mim como seu Salvador. Você pode ser um de meus ajudantes também. Conte para seus familiares e amigos a boa notícia de que eu vim salvar o mundo do pecado. Diga-lhes que, se crerem em mim, eles poderão um dia viver para sempre comigo no céu!

Jesus, o Mestre

As bênçãos | (Mateus 5)

Jesus tinha coisas maravilhosas para dizer, e, para onde quer que ele e seus ajudantes fossem, multidões os seguiam. Um dia, Jesus falou às pessoas sobre as bênçãos de Deus.

Jesus ensinou sobre oito importantes bênçãos. Elas indicam a verdadeira felicidade.

— Estas pessoas serão muito abençoadas — afirmou Jesus. — Eis o porquê:

Aqueles que sabem que são pecadores serão parte da família de Deus.
Aqueles que estão tristes por causa de seus pecados serão confortados por Deus.
Aqueles que são humildes e obedecem a Deus irão herdar a nova Terra.
Aqueles que desejam fazer o que é certo saberão que têm a justiça de Deus.
Aqueles que são gentis e perdoam os outros vão receber perdão de Deus.
Aqueles cujo coração foi purificado verão a Deus, que está nos céus.
Aqueles que ajudam os outros a encontrar a paz de Deus são pacificadores, e Deus os chamará de filhos.
Aqueles que falam aos outros sobre Deus, mesmo quando as pessoas os ferem, são parte da família de Deus.

Jesus, o Mestre

A Oração do Senhor | (Mateus 6)

Jesus também ensinou às pessoas uma oração especial chamada de Oração do Senhor:

Pai nosso, que estás no céu,
santificado seja o teu nome.
Venha o teu Reino.
Seja feita tua vontade
Assim na terra como no céu

O pão nosso de cada dias nos dá hoje.
Perdoa as nossas dívidas
Assim como nós perdoamos aos nossos devedores.

E não nos deixes cair em tentação,
mas livra-nos do mal.
Pois teu é o Reino, o poder
e a glória, para sempre. Amém!

Jesus disse:

— Quando vocês orarem, vão para seu quarto, fechem a porta e falem com Deus Pai. Ele sempre vai ouvi-los.

Jesus, o Mestre

Não se preocupe | (Mateus 6)

Jesus sabe como as pessoas facilmente ficam preocupadas com as coisas, mas ele quer que todas saibam que podem confiar no cuidado dele. Ele falou às pessoas certa vez:

— Vejam os passarinhos que voam pelo céu. Eles não plantam nem compram comida, mas Deus cuida deles. E olhem para as lindas flores! Mesmo o grande rei Salomão não tinha roupas tão bonitas. Será que seu Pai celestial não vai cuidar muito mais de vocês? Deus sabe de tudo que vocês precisam, e, quando vocês o buscarem em primeiro lugar em sua vida, ele lhes dará todas essas coisas.

Ele diz a mesma coisa a nós hoje, por meio da Bíblia.

Jesus, o Mestre

O maior mandamento | (Mateus 7; 22)

Jesus tinha avisado aos valentões (e àqueles que às vezes eram valentões): "Façam aos outros a mesma coisa que querem que eles façam a vocês." Esse versículo é chamado de Regra de Ouro.

Jesus disse que o maior mandamento é amar a Deus com todo o coração, com toda a alma e com toda a mente. E que o segundo maior mandamento era amar os outros como amamos a nós mesmos. Quando amamos a Deus e às pessoas desse modo, seremos gentis com elas, mesmo que elas não sejam gentis conosco!

Recado de Jesus

"Façam aos outros a mesma coisa que querem que eles façam a vocês."

(LUCAS 6:31)

Quando alguém tratar você de modo injusto, pense em como eu trato você. Eu não digo coisas ruins para você. Eu me ofereço para ajudá-lo e o abençoo com todo o meu amor. É assim que quero que você trate os outros. Tente ser amável com irmãos, irmãs, papai, mamãe, amigos, professores. Isso me alegra.

As grandes histórias contadas por Jesus

O semeador e suas sementes | (Mateus 13)

Jesus contava histórias maravilhosas, chamadas parábolas, para ajudar as pessoas a entenderem o reino de Deus e para que soubessem que Jesus é o Rei. Ele ensinava verdades importantes usando histórias simples sobre coisas que aconteciam no dia a dia das pessoas.

— Um homem saiu para semear. Algumas sementes caíram na beira do caminho, e os passarinhos vieram e as comeram. Outras brotaram em um terreno pedregoso, mas morreram porque as raízes não eram profundas o suficiente para encontrar água. Outras caíram no meio de espinhos. Quando brotaram, os espinhos as sufocaram. Mas umas poucas sementes caíram em uma terra boa e cresceram fortes e saudáveis. No tempo da colheita, o homem disse: "Puxa! Aquelas poucas sementes produziram cestos e cestos de grão, cem vezes mais do que eu plantei."

Jesus explicou sua história:

— Sou como um homem que semeia, plantando as palavras de Deus em diferentes lugares. As sementes são como pessoas. As pessoas na estrada ouvem as palavras de meu Pai, mas não as entendem. Então, Satanás vem, como os pássaros, e leva aquelas preciosas palavras embora. Pessoas sobre o terreno pedregoso aceitam as palavras de Deus por um tempo e, depois, as abandonam. Elas não são fortes o suficiente para continuarem crescendo. Aqueles que andam sobre ervas daninhas estão ocupados demais com as coisas que querem e com preocupações para entenderem as palavras de Deus. Mas a boa terra é como as pessoas que ouvem e creem. Elas são muito gratas por serem amadas por mim e me mostram às pessoas quando as amam.

As grandes histórias contadas por Jesus

A ovelhinha perdida | (Lucas 15)

Jesus uma vez contou a história de uma ovelhinha que vivia em um pasto com outras 99. O pastor cuidava com muito carinho de suas ovelhas. Ele as alimentava, lhes dava água e espantava os animais selvagens. Mas, um dia, o pastor percebeu que a ovelhinha estava desaparecida. Imediatamente, ele deixou as outras 99 e foi atrás da perdida. Quando a encontrou, gritou de alegria:

— Viva!

Deus Pai é como aquele pastor. Ele não quer que nenhuma pessoa se perca. Ele quer que todas as pessoas estejam perto dele. E, assim como o bom pastor leva suas ovelhas para casa, Deus irá levar para o céu todos os que se arrependerem de seus pecados e crerem em Jesus.

As grandes histórias contadas por Jesus

O tesouro | (Mateus 13)

Jesus contou também uma história sobre o maior tesouro do mundo:

— Um homem encontrou um tesouro escondido em um campo. Encontrou, mas o escondeu novamente. Então, vendeu tudo o que tinha e comprou aquele campo.

Jesus é o tesouro. Quando você o encontra e crê nele, você tem certeza de que ele é mais importante do que qualquer outra coisa em sua vida. O homem da história de Jesus vendeu tudo o que tinha e comprou o campo, pois assim ele poderia ter seu tesouro para sempre.

As grandes histórias contadas por Jesus

A moeda perdida | (Lucas 15)

Outra história que Jesus contou falava de uma mulher que tinha dez moedas de prata, mas perdeu uma delas dentro de casa. Ela precisava de luz para procurar a moeda; por isso, acendeu uma lamparina. Não tendo encontrado, a mulher varreu a casa toda. Agora ela tinha uma casa limpa, mas ainda não tinha a moeda. Ela olhou para baixo e para cima, para frente e para trás, atrás dos móveis, dentro das gavetas, em todo canto, até que...

Achou a moeda! Ela chamou os amigos e vizinhos e disse:

— Vamos fazer uma festa! Eu achei minha moeda perdida!

O que essa parábola de Jesus significa? Quando um pecador diz para Deus "Estou arrependido!" e quer mudar de vida, todos os anjos do céu celebram. Há grandes festas no céu todas as vezes que pecadores são perdoados!

Recado de Jesus

"Conservemos os nossos olhos fixos em Jesus, pois é por meio dele que a nossa fé começa, e é ele quem a aperfeiçoa."

(HEBREUS 12:2)

Tente pensar em mim sempre, mesmo quando você está fazendo outras coisas. Eu não quero que você se afaste de mim, como a ovelhinha. Mas, se isso acontecer, eu vou procurá-lo e trazê-lo de volta para mim. Eu contei essas histórias para que entenda o quanto você é importante para mim. Você é tão precioso que eu dei tudo — mesmo minha vida — para encontrá-lo e tê-lo bem perto de mim.

As grandes histórias contadas por Jesus

O filho que foi embora | (Lucas 15)

Em certa casa, havia dois irmãos, porém o mais jovem não estava contente. Ninguém sabia dizer o porquê. Talvez estivesse aborrecido. Talvez não gostasse do lugar onde vivia. Qualquer que fosse a razão, ele decidiu sair de casa. Ele foi até o pai e lhe disse:

— Pai, quero a parte do dinheiro que eu receberia depois que o senhor morresse. Só que eu quero isso agora!

Seu pedido foi muito, muito egoísta.

O jovem saiu de casa para conhecer o mundo. Ele queria ir para o lugar que escolhesse e fazer as coisas de que tivesse vontade, mesmo aquelas que não deveria fazer.

Ele fez uns amigos bem malvados e gastou todo o dinheiro.

Logo, não tinha nem como comprar comida. Sua barriga roncava. Então, ele foi procurar trabalho com um homem daquele país, que lhe passou o serviço de cuidar dos porcos. Ele trabalhava bastante, mas o dono dos porcos não lhe dava nada para comer. Quando a comida nojenta e aguada dos porcos começou a parecer um banquete para ele, o jovem percebeu que o seu lar, a casa de seu pai, não era tão ruim assim.

O filho voltou para casa, sabendo que tinha tratado Deus e seu pai de maneira errada. Seu pai, que o esperava todo dia, logo que o viu, correu para encontrá-lo — e ele era um idoso! —, abraçou-o e beijou-o.

— Pai — disse o garoto —, eu me arrependo, de verdade.

O que o pai fez? Ele perdoou o filho e deu uma grande festa de boas-vindas. Serviu a melhor comida, e todos cantavam e dançavam. Porém o irmão mais velho ficou muito bravo!

— Pai! — reclamou. — Eu sou bom e sempre obedeço ao senhor, e o senhor nunca fez uma festa assim para mim.

— Meu querido filho — explicou carinhosamente o homem —, você está comigo todo o tempo e tudo o que eu tenho é seu. Hoje nós precisamos celebrar, pois seu irmão estava perdido e foi achado!

E é assim que Deus age. Ele e os anjos celebram quando uma pessoa se arrepende. Deus quer que todos os seus filhos sejam felizes e se alegrem quando pecadores creem em Jesus como Salvador e mudam de vida.

Recado de Jesus

"Ame o Senhor, seu Deus, com todo o coração, com toda a alma e com toda a mente."

(MATEUS 22:37)

Muitas coisas podem fazer sua mente se afastar de mim: um jogo, a lição de casa, brincar com os amigos. Quando sua mente começar a se distanciar de mim, meu Espírito irá sussurrar gentilmente a você, lembrando-o de voltar para mim. Não ignore esses sussurros. Você sempre será mais feliz quando seu coração estiver perto de mim.

As grandes histórias contadas por Jesus

O bom samaritano | (Lucas 10)

Algumas pessoas não gostavam de Jesus. Então, tentavam enganá-lo com perguntas.

— A lei de Deus diz para amarmos nosso próximo como a nós mesmos. Mas... quem é nosso próximo? — perguntaram elas.

Jesus respondeu com uma história:

— Um homem caminhava sozinho por uma estrada do país. Ladrões o atacaram, bateram nele e roubaram tudo o que ele tinha. Um mestre da lei de Deus viu o homem caído na estrada, mas passou sem ajudá-lo. Outro homem religioso passou por ali, mas olhou para o outro lado também.

— Por fim, um homem de Samaria passou por aquele lugar. Ele viu o homem machucado e correu para ajudá-lo. Fez um curativo em suas feridas e o levou para uma pensão ali perto, onde cuidou dele. Do seu próprio dinheiro, ele pagou para que o homem permanecesse na pensão até ficar bem. Qual desses três homens foi o próximo do homem assaltado?

Jesus sabia que aqueles mestres não gostavam do povo de Samaria, mas agora eles tinham que admitir que o samaritano havia feito o que era certo.

— Aquele que ajudou — acabaram concordando.

— Isso mesmo — disse Jesus. — E vocês devem fazer o mesmo.

Todas as pessoas são nossos próximos.

Recado de Jesus

"Se vocês obedecerem à lei do Reino, estarão fazendo o que devem, pois nas Escrituras Sagradas está escrito: 'Ame os outros como você ama a você mesmo'."

(TIAGO 2:8)

Eu quero que você demonstre amor e gentileza para aquelas pessoas que são diferentes de você, e mesmo para aquelas que são más para você. Isso mostrará a todos seu grande amor por mim. Peça minha ajuda para amar os outros com meu amor, e ele vai fluir de você para as demais pessoas.

Jesus faz milagres

A tempestade | (Marcos 4)

Durante todo o dia, Jesus ensinava às multidões sobre Deus. Ele estava bem cansado. Por isso, quando chegou a noite, Jesus disse a seus discípulos:

— Vamos atravessar de barco para o outro lado do lago.

Enquanto estavam navegando, Jesus adormeceu profundamente. Alguns de seus discípulos eram pescadores; eles sabiam tudo sobre pilotar um barco e navegar. Com certeza, não iriam precisar da ajuda de Jesus.

Mas, de repente, uma grande tempestade veio, com o barulhão dos trovões e a luz dos relâmpagos. Um vento forte começou a soprar, fazendo as ondas arrebentarem em cima do barco. E o barco estava bem no meio do lago; e ali não havia nada que os discípulos pudessem fazer.

O barquinho era jogado de um lado para o outro. E cada vez entrava mais água.

— Nós vamos afundar! — gritou um dos homens.

Mesmo os pescadores, que sabiam tudo sobre navegação, estavam apavorados.

— Jesus, acorda! — chamaram eles. — Salve-nos!

Jesus se levantou e disse ao vento;

— Silêncio! — E o vento parou.

— Por que vocês estavam tão assustados? — perguntou aos discípulos. — Vocês não têm fé?

— Quem é ele? — sussurravam os discípulos uns aos outros. — Até o vento obedece a ele!

Jesus é o Filho de Deus, maior do que o vento, as ondas e as coisas que nos dão mais medo.

Jesus faz milagres

Os peixes e os pães | (Lucas 9; João 6)

As pessoas ouviam sobre os milagres que Jesus fazia: devolver a visão aos cegos, acalmar tempestades e curar doentes. Certo dia, cinco mil homens, mais mulheres e crianças, vieram a um monte para ouvir Jesus ensinar. Ele falou por horas e horas sobre seu Pai, o Deus que está nos céus.

Estava perto da hora do jantar, e os discípulos não tinham como alimentar a multidão. Aproximaram-se de Jesus e disseram baixinho para ele:

— Mande essa gente embora. As pessoas estão ficando com fome.

Mas Jesus lhes respondeu:

— Deem vocês mesmos comida a elas.

O quê? Seria preciso gastar o salário de oito meses para alimentar tanta gente! Os discípulos não tinham qualquer comida e, com certeza, não tinham aquela quantidade de dinheiro. Eles olharam em volta, para ver o que conseguiam, e enxergaram um garotinho carregando uma cestinha, na qual havia cinco pães de cevada e dois peixinhos.

Jesus pegou os pães e os peixes, agradeceu a Deus Pai e entregou aos discípulos, para que eles distribuíssem a comida. E os pães e os peixes foram suficientes para que todas as pessoas comessem o quanto quisessem.

— Recolham os pedaços que sobraram a fim de que não se perca nada — disse Jesus.

Eles ajuntaram os pedaços e encheram 12 cestos com o que havia sobrado dos pães e dos peixes. Assim, Jesus mostrou seu amor sem fim pelas pessoas famintas.

Elas estavam maravilhadas e exclamaram:

— Com certeza, esse homem veio de Deus!

Recado de Jesus

"O meu Deus, de acordo com as gloriosas riquezas que ele tem para oferecer por meio de Cristo Jesus, lhes dará tudo o que vocês precisam."

(FILIPENSES 4:19)

Eu não criei você para fazer coisas por si mesmo. Eu fiz você para que precise de mim, e não somente para coisas como alimento, roupas e lar. Você também precisa de mim para que eu o encha com a bondade que só eu posso dar. Venha a mim e peça por tudo de que precisa. Confie e eu o encherei com minha bondade e cuidarei de você de modo maravilhoso.

Jesus faz milagres

Jesus caminha sobre a água | (Mateus 14)

Após todo mundo ter comido daquela refeição milagrosa, era tempo de irem todos embora. Jesus disse aos discípulos para que fossem de barco para o outro lado do lago e ficou para trás, orando.

Já estavam bem longe da margem quando, outra vez, uma grande tempestade veio. O vento e as ondas jogavam o barquinho para um lado e depois para o outro. Enquanto os homens lutavam para impedir que o barco afundasse, viram alguma coisa — alguém — andando sobre a água na direção deles. Ihhh! Eles ficaram arrepiados de medo e gritaram:

— É um fantasma! É um fantasma!

A figura se aproximou. Então, os homens viram que não era um fantasma: era Jesus. Eles lhes disse:

— Não tenham medo.

Então Pedro falou:

— Se é o senhor mesmo, mande que eu vá andando sobre a água até onde o senhor está.

Jesus lhe respondeu:

— Venha!

Corajosamente, Pedro saiu do barco e começou a andar sobre a água em direção a Jesus. Mas assim que se deu conta do que estava fazendo — caminhando mesmo por cima da água —, Pedro ficou com medo. Começou a afundar e gritou:

— Salve-me, Senhor!

Jesus agarrou a mão de Pedro.

— Como é pequena a sua fé! Por que você duvidou? — perguntou Jesus, enquanto puxava Pedro, todo encharcado, para o barco.

Então, os homens creram: Jesus, de fato, é o Filho de Deus!

Recado de Jesus

"Todos os que pedirem a ajuda do Senhor serão salvos."

(ATOS 2:21)

Todas as pessoas precisam ser salvas porque estão afundando no pecado. Assim como eu socorri Pedro, estou pronto a socorrer qualquer pessoa que me chamar. Eu sei que às vezes é difícil confiar em mim. Lembre-se de que eu sou o Filho de Deus, e sempre que você me chamar eu irei salvá-lo. Sempre que você pedir perdão pelos seus pecados e orar "Senhor, salva-me!", eu atenderei imediatamente. Eu buscarei você e o manterei a salvo.

Maria e Marta (Lucas 10)

Quando Jesus precisava descansar, ia visitar seus amigos. Alguns de seus melhores amigos eram um homem chamado Lázaro e suas irmãs, Maria e Marta.

Jesus apareceu na casa de Marta em um dia em que Maria estava lá. As duas ficaram felizes por ver Jesus, mas Marta disse:

— Jesus, por favor, não repare na casa. Está tudo uma bagunça.

Pediu para Jesus sentar e relaxar, enquanto ela se ocupava em tentar colocar tudo em ordem.

Marta espanou, varreu e começou a preparar um jantar especial para Jesus. Enquanto isso, Maria sentou-se aos pés de Jesus, ouvindo tudo o que ele dizia. "Por que Maria foi sentar justo agora?", perguntou-se Marta. E foi resmungar para Jesus:

— O senhor não se importa que Maria me deixe fazer todo esse trabalho sozinha? Fale para ela me ajudar!

— Marta — disse Jesus —, Maria escolheu o que é melhor, e eu não vou tirar isso dela.

Maria escolheu colocar Jesus em primeiro lugar. Sabia que passar tempo com ele era muito mais importante do que qualquer coisa que ela poderia fazer.

Recado de Jesus

"Venham a mim, todos vocês que estão cansados de carregar as suas pesadas cargas, e eu lhes darei descanso."

(MATEUS 11:28)

Todos os dias há muitas coisas que você pode fazer. Algumas são boas; algumas são importantes. Mas nenhuma é tão boa ou tão importante quanto estar comigo. Passe o tempo falando comigo e lendo as histórias da Bíblia.
É a melhor coisa que você pode fazer. E eu vou colocar no seu coração uma alegria tão grande e refulgente que ela vai brilhar e todos a verão.

Jesus cura os doentes

A filha de Jairo e a mulher doente | (Marcos 5)

Uma grande multidão juntou-se ao redor de Jesus. Passando pelo meio das pessoas, um homem importante chamado Jairo jogou-se aos pés de Jesus e lhe pediu:

— Minha filhinha está morrendo! Por favor, venha até a minha casa e a cure!

— Vamos! — disse Jesus.
E a multidão o seguiu, apressada, até a casa de Jairo, para ver o que Jesus ia fazer.

No meio da multidão estava uma mulher doente havia 12 anos. Nenhum médico tinha conseguido curá-la, mas ela cria que Jesus poderia. "Se eu apenas tocar na roupa dele, ficarei curada", pensou. Ela foi se metendo entre as pessoas até chegar a Jesus. Então, com a ponta dos dedos, ela tocou na ponta da capa dele.

— Quem me tocou? — perguntou Jesus, parando e olhando ao redor. Como ele poderia ter sentido alguém lhe tocar de modo tão suave se havia tanta gente o apertando por todos os lados? A mulher estava envergonhada, mas veio à frente. Jesus sorriu e falou gentilmente a ela:

— Você foi curada porque teve fé. Você está livre de seu sofrimento.

— Jairo! Jairo! — Um homem veio correndo até ele. — Sua filha morreu.

Mas Jesus disse a Jairo:
— Não tenha medo. Apenas creia. Venha comigo.
Na casa de Jairo, havia pessoas chorando ao lado da cama da garota que estava muito quietinha.
— Por que vocês estão chorando? — perguntou Jesus. — Ela não está morta, mas apenas dormindo.
"Jesus está louco!", foi o que pensaram os amigos e familiares de Jairo, e começaram a rir dele. Mas isso não fez Jesus parar. Ele mandou que todos saíssem, menos Jairo, a esposa e três discípulos que o haviam acompanhado: Pedro, Tiago e João.

Jesus se dirigiu à garotinha e, com muito carinho, pegou a mão sem vida dela. Ele a segurou entre as suas e, com doce voz, disse:

— Menina, levante-se!

Ela abriu os olhos e sorriu para ele. Então, levantou-se e caminhou pelo quarto como se nunca houvesse estado doente — nem morta! Os pais queriam contar tudo o que Jesus havia feito, mas ele ordenou que não o fizessem.

Recado de Jesus

"Não tenha medo; tenha fé!"

(MARCOS 5:36)

Não importa o que esteja acontecendo: saiba que eu tenho um plano para você e que estou a seu lado. Por isso, confie em mim e não fique com medo, mesmo que você esteja passando por grandes problemas. Nenhum problema é grande demais para mim!

Jesus cura os doentes

O homem cego | (João 9)

Jesus fazia milagres por duas razões: mostrar seu amor pelas pessoas e provar que era Deus e tinha todo o poder para curar e dar a vida eterna a quem acreditasse nele.

Um cego estava sentado em uma rua, pedindo esmolas:

— Uma moedinha para um pobre homem!

— Mestre, esse homem é cego por ter cometido algum pecado? — perguntou um dos discípulos.

— Não — respondeu Jesus. — Ele nasceu cego para que ele e as outras pessoas saibam o que Deus pode fazer.

Então Jesus fez algo muito estranho. Ele parou, cuspiu no chão e fez um pouco de lama com a saliva. Depois, passou a lama nos olhos do cego e lhe disse:

— Agora, vá lavar o seu rosto.

O homem foi e lavou-se. Quando a lama saiu de seus olhos, ele gritou:

— Eu estou vendo!

Ele correu para casa muito feliz. As pessoas lhe fizeram muitas perguntas, mas o homem respondeu simplesmente:

— Eu não tenho todas as respostas, mas uma coisa eu sei com certeza: eu era cego, mas agora eu vejo!

Recado de Jesus

"Jesus [...] disse: Eu sou a luz do mundo; quem me segue nunca andará na escuridão, mas terá a luz da vida."

(JOÃO 8:12)

Aquele cego viveu em trevas até que eu curei os seus olhos. Muitas pessoas vivem em diferentes tipos de trevas, porque não me conhecem como Salvador delas. Quando você abre o coração para mim, eu encho você com a luz da vida. Esse presente vai durar para sempre.

Jesus cura os doentes

Os dez leprosos | (Lucas 17)

Nos dias de Jesus, algumas pessoas ficavam tão empolgadas por terem sido curadas por ele que se esqueciam de lhe agradecer. Como, por exemplo, os nove leprosos. Lepra é uma doença terrível, que provoca feridas graves por todo o corpo. Os leprosos tinham que viver afastados de seus amigos e familiares porque as pessoas acreditavam que a doença era contagiosa.

Dez leprosos ouviram que Jesus estava entrando em seu povoado e tiveram esperança de que talvez, quem sabe, ele pudesse curá-los. Então, esconderam-se perto da estrada e esperaram.

Quando viram Jesus, eles gritaram:

— Mestre, tenha pena de nós!

Jesus olhou para eles e disse:

— Vão até os sacerdotes.

O que isso significa? Se um leproso era curado, ele tinha que provar a um sacerdote que estava bem novamente. Mas aqueles leprosos ainda estavam doentes! Mesmo assim, se encaminharam para o sacerdote, e, no meio do caminho... ficaram curados!

Eles correram para contar isso aos seus amigos. E somente um deles voltou. Ele caiu aos pés de Jesus e chorou.

— Obrigado, Jesus! Obrigado! Deus seja louvado.

— Onde estão os outros nove? — perguntou-lhe Jesus.

Somente um homem havia voltado para agradecer a Jesus.

Recado de Jesus

"Deem graças a Deus, o SENHOR, porque ele é bom; o seu amor dura para sempre."

(SALMOS 136:1)

Amo ouvi-lo me agradecendo. Tente contar todas as bênçãos que lhe dou. Um coração agradecido vai manter você perto de mim.

Jesus cura os doentes

Lázaro é ressuscitado! | (João 11)

Um dia, Lázaro, irmão de Marta e de Maria, ficou muito doente. Suas irmãs enviaram um recado para Jesus, que estava ensinando em outro povoado, mas ele ainda se demorou dois dias antes de vir à casa delas.

Quando Jesus chegou, Lázaro já havia morrido e suas irmãs estavam muito tristes.

— Onde o senhor estava? Nós achávamos que o senhor amava Lázaro. Se o senhor estivesse aqui, poderia tê-lo curado.

Elas choraram, e Jesus também chorou.

— Tenham fé — disse Jesus. — Creiam em mim.

Os moradores do lugar se juntaram em torno da tumba de Lázaro, que era uma gruta com uma pedra colocada na entrada.

— Tirem a pedra! — ordenou Jesus.

— Ele já morreu há quatro dias — argumentou Marta. — O cheiro deve estar horrível!

— Tirem a pedra! — repetiu Jesus. Então, ele orou: — Obrigado, Pai, por responderes a minha oração. Eu sei que sempre me ouves, mas eu quero que essas pessoas creiam que tu me enviaste.

A seguir, ele gritou:

— Lázaro, venha para fora!

Lentamente, meio tropeçando, Lázaro saiu da tumba, todo enfaixado como uma múmia.

— Ele está vivo! — exclamavam as pessoas, meio engasgadas de espanto. — Jesus realmente é o Filho de Deus.

Recado de Jesus

"Jesus afirmou: Eu sou a ressurreição e a vida. Quem crê em mim, ainda que morra, viverá."

(JOÃO 11:25)

Eu sou o santo Filho de Deus e vim à Terra para salvar as pessoas que Deus criou. Todas as pessoas têm um corpo, que um dia irá morrer. Mas quem crer em mim como Salvador viverá outra vez. E viverá comigo para sempre no céu!

Zaqueu se encontra com Jesus | (Lucas 19)

Muitas pessoas queriam se encontrar com Jesus! Afinal, ele curava doenças, devolveu a visão ao cego e trouxe pessoas de volta da morte. Zaqueu também queria encontrar-se com Jesus, mas ele era um cara baixinho, que não conseguia ver acima da cabeça das pessoas na multidão. Não havia ninguém que o pudesse levantar, pois ele não tinha amigos. Zaqueu trabalhava como coletor de impostos, e ninguém gostava de quem tinha essa profissão. Os coletores costumavam tirar dinheiro das pessoas injustamente.

Então, para conseguir ver Jesus, Zaqueu teve que subir em uma árvore.

Jesus sabia que Zaqueu não tinha amigos e que estava na árvore. Por isso, parou perto dela, olhou para cima e disse:

— Zaqueu, desça! Eu preciso ficar na sua casa hoje.

"O quê? Na minha casa?", pensou Zaqueu. Ao ouvir isso, as outras pessoas começaram a murmurar:

— Por que Jesus está indo para a casa dele? Aquele homenzinho é um grande pecador!

Zaqueu nem sempre obedecia a Deus; ele estava perdido em seus pecados. Porém, mais tarde, em casa, Zaqueu disse a Jesus que se arrependia de ter enganado as pessoas e se comprometeu a consertar isso devolvendo a elas o dinheiro que havia roubado.

— Maravilhoso! — exclamou Jesus. — Agora, em lugar de ser punido por Deus, você vai viver comigo no céu.

Zaqueu não era mais um enganador! E, por fim, ele agora tinha um amigo, o melhor de todos: Jesus.

Recado de Jesus

"Jesus [disse]: Os que têm saúde não precisam de médico, mas sim os doentes."

(MATEUS 9:12)

Quando eu estava na terra, muitas vezes as pessoas ficaram iradas porque eu gastava muito tempo com pecadores. Mas todas as pessoas estão "doentes" por causa do pecado, mesmo que elas pensem que têm saúde. E eu sou o único médico que pode curar a doença do pecado. Em vez de apontar o pecado das pessoas, fale a elas sobre mim. Eu sou o médico que pode curar a elas e a você.

Jesus ama você! (Marcos 10)

As crianças do lugar que Jesus estava visitando queriam vê-lo: pequenas, grandes, garotas, garotos, de todas as origens. Pais e mães queriam que Jesus abençoasse seus filhos e orasse por eles, mas os discípulos disseram:
— Não, não incomodem o Mestre. Mantenham as crianças longe.

Jesus não gostou daquilo.

— Deixem que as crianças venham a mim — disse ele. — Não tentem impedi-las.

Então todas elas correram para Jesus e o abraçaram. Também fizeram muitas perguntas e riram juntas.
E Jesus amou cada minuto disso.

Jesus disse uma coisa muito especial sobre as crianças: elas é que sabem como confiar em Deus. Se os adultos confiassem em Deus como as crianças, descobririam muito mais facilmente como chegar ao céu.

Antes de as crianças se despedirem de Jesus naquele dia, ele as abençoou e deu um grande abraço em cada uma.

Jesus ama as crianças. Jesus ama você!

Recado de Jesus

"Deixem que as crianças venham a mim."

(MARCOS 10:14)

Como eu gosto de ouvir as crianças que me amam rindo! Eu quero que você venha a mim, não importa como você esteja se sentindo: quando estiver feliz e não puder parar de rir, quando estiver triste e quiser chorar, quando estiver bravo e mesmo quando estiver envergonhado. Eu entendo você perfeitamente, incluindo seus sentimentos. E eu amo você.

A oferta da viúva | (Marcos 12)

— Olhem só para eles! — disse Jesus aos discípulos.

Ele estava falando de alguns religiosos que se achavam melhores que as outras pessoas. Eles usavam roupas caras e faziam orações em voz bem alta no mercado, dizendo: “Ó Deus, olhe para nós! O Senhor vê como somos bons?” Pensavam que eram especiais por causa de sua religião e daquilo que seu dinheiro podia comprar. No entanto, sabiam nada sobre a verdadeira fé e não se preocupavam em ajudar os pobres.

Jesus sabia como isso iria terminar.

— Deus vai puni-los — afirmou ele.

Jesus e seus discípulos estavam no templo, observando as pessoas colocarem dinheiro na caixa das ofertas. Muitas pessoas ricas davam um montão de dinheiro. Mas uma mulher pobre, cujo marido havia morrido, depositou ali duas moedinhas em silêncio.

— Vejam! — disse Jesus. — Ela só tinha aquelas duas moedas, uns poucos centavos. Outros dão do que está sobrando. Ela deu tudo o que tinha. Por isso, deu mais do que todos os outros.

Deus não quer que fiquemos mostrando o que podemos fazer por ele. Ele quer que o sirvamos discretamente, de todo o coração e com tudo o que temos.

Recado de Jesus

"Louvarei a Deus com uma canção; anunciarei com gratidão a sua grandeza."

(SALMOS 69:30)

Se eu dei a você a capacidade de fazer bem-feito alguma coisa, lembre-se de me agradecer por isso. Cuidado: não se exiba quando for usar essa capacidade. Em lugar disso, use suas habilidades — aquilo em que você é realmente bom — para me glorificar. Quando você faz o melhor que pode com um coração grato por me pertencer, você traz glória para mim!

A glória de Jesus | (Mateus 17; Marcos 9; Lucas 9)

Pedro, Tiago e João eram os amigos mais íntimos de Jesus. Um dia, Jesus levou os três para o alto de um monte para que orassem. Os discípulos já tinham visto muitos milagres maravilhosos, mas não estavam preparados para o que veriam ali.

Enquanto Jesus estava orando, uma luz brilhante o cercou. Seu rosto mudou e suas roupas ficaram de um branco muito reluzente. De repente, Moisés e Elias apareceram conversando com Jesus. Os três discípulos ficaram atordoados com o que viam, pois Moisés e Elias tinham morrido havia centenas de anos!

Então, uma nuvem os cobriu e a voz de Deus Pai ressoou dos céus:

— Este é o meu Filho querido. Escutem o que ele diz!

Os discípulos encostaram o rosto no chão, adorando Deus. E, tão rapidamente quanto tudo havia acontecido, a nuvem desapareceu... e Moisés e Elias também.

Quando Pedro, Tiago e João olharam ao redor, viram apenas Jesus ali com eles. Quando desceram do monte, Jesus lhes disse:

— Um dia, eu ressuscitarei, mas antes disso eu tenho que sofrer bastante. Até lá, não contem a ninguém o que vocês acabaram de ver.

Recado de Jesus

"[Deus] disse: Este é o meu Filho querido. Escutem o que ele diz!"

(MARCOS 9:7)

Ouça com o coração as minhas palavras. Durante o dia eu irei sussurar palavras de amor para você. À noite, irei cantar uma canção de ninar cheia de paz. Leia sobre mim na Bíblia para aprender todas as coisas maravilhosas que quero ensinar a você.

Domingo de Ramos (Mateus 21; João 12)

Algo terrível, mas maravilhoso, estava para acontecer. Em poucos dias, o grande plano de Deus seria revelado. Jesus sabia o que ia acontecer, e Deus também. Mas nenhum deles fez nada para evitar.

A caminho de Jerusalém, Jesus enviou dois discípulos na frente para que encontrassem um jumentinho. Montado nele, Jesus entraria na cidade. Ele subiu no animalzinho e — *plac, ploc* — entrou pelos portões abertos da cidade.

Jerusalém estava lotada com famílias preparando a Páscoa, o maior feriado nacional. "Veja, é Jesus!", gritou alguém. E as pessoas correram para vê-lo. Algumas colocaram suas capas na estrada empoeirada para que o jumentinho caminhasse sobre elas. Outros cobriram a rua com ramos de árvores ou os balançavam.

— Hosana! Viva! O Filho de Davi está aqui! —proclamavam em alta voz. — Jesus, que vem em nome do Senhor, seja abençoado!

Jesus passou pela cidade como um rei, e os líderes religiosos de Jerusalém não gostaram nem um pouquinho disso.

— Por que as pessoas dizem que ele vem em nome do Senhor? — murmuravam eles. — Ele não é o Filho de Deus de jeito nenhum.

Eles ficaram tão furiosos que fizeram um plano para matar Jesus.

Recado de Jesus

"No mundo vocês vão sofrer; mas tenham coragem. Eu venci o mundo."

(JOÃO 16:33)

Algumas vezes as pessoas são legais com você. Algumas vezes são más. Quando as pessoas o ferirem, lembre que estou com você. Eu sei como isso machuca, pois elas me trataram desse modo também. Apenas permaneça perto de mim. Eu vou ajudá-lo a passar por esses dias difíceis. E vou confortá-lo com minha paz.

A última ceia | (Mateus 26; Marcos 14; Lucas 22; João 13)

Jesus e seus discípulos se reuniram em uma sala superior para comer a ceia da Páscoa. Durante a refeição, Jesus lavou os pés deles. Naqueles dias, as pessoas andavam de sandálias por estradas poeirentas, por isso seus pés eram muito sujos. Quem iria querer lavar os pés fedidos de alguém?

Havia escravos que faziam isso. Mas Jesus serviu a seus discípulos fazendo esse serviço sujo. E, inicialmente, Pedro não queria que o Mestre lhe lavasse os pés.

— Jesus! — disse Pedro. — O senhor é bom demais para lavar meus pés como um escravo.

— Se você não me deixar lavar a sujeira, não será mais meu discípulo — respondeu Jesus.

Jesus não estava falando sobre a sujeira do corpo, mas sobre os pecados — a sujeira no coração. Quando nosso coração está cheio de coisas que Deus odeia, não podemos ficar perto dele. É impossível para as pessoas limparem a si mesmas do pecado, e Deus sabe disso. Por isso, ele planejou que Jesus iria nos limoar dos pecados, não lavando os nossos pés, mas purificando o nosso coração.

Após ter lavado os pés dos discípulos, Jesus lhes disse:

— Eu fiz isso para mostrar que, como futuros servos e mestres, vocês devem ser humildes e fazer tudo o que Deus pedir, por amor a mim.

Jesus sabia que essa era a última ceia com seus amigos.
— Eu logo deixarei vocês — confessou ele.
Então, pegou um pão, partiu-o em pedaços e o distribuiu para que comessem.
— Meu corpo será partido como este pão.
Ele passou também um cálice de vinho e pediu que bebessem um pouco.
— Meu sangue irá lavá-los de seus pecados e seu coração será limpo para sempre. Sempre que vocês comerem e beberem essa ceia, lembrem-se de mim. Eu vim para levar as pessoas para Deus.

— Um de vocês vai me trair — acrescentou Jesus.
Os discípulos não conseguiam acreditar no que ouviam.
— Quem faria uma coisa dessas? — perguntaram-se eles.
— Aquele para quem eu der este pedaço de pão — afirmou Jesus enquanto entregava o pão para Judas. — Vá. Faça o que você tem que fazer.
Então, Jesus disse aos demais ajudantes:
— Eu não vou estar com vocês por muito mais tempo. Vocês vão ficar tristes, mas não se preocupem. Eu vou voltar.
Pedro declarou:
— Eu não vou abandoná-lo. Eu vou ser preso e morrer com o senhor.
— Pedro — falou Jesus gentilmente —, antes que o galo cante amanhã, você vai dizer, por três vezes, que não me conhece.

Recado de Jesus

"Se alguém sofrer por ser cristão, não fique envergonhado, mas agradeça a Deus o fato de ser chamado por esse nome."

(1PEDRO 4:16)

Algumas vezes será difícil dizer aos outros que você me conhece. As pessoas poderão zombar de você ou dizer coisas feias de você. Mas, quando você for tratado dessa maneira por ser cristão, louve-me. Você estará acumulando tesouros para si mesmo no céu, tesouros que são muito melhores do que qualquer coisa neste mundo!

Jesus é preso | (Mateus 26; Marcos 14; Lucas 22; João 18)

Após a ceia, Jesus e seus três amigos mais íntimos, Pedro, Tiago e João, saíram para um jardim próximo a algumas oliveiras. As estrelas brilhavam e o ar parecia agradável. Somente Jesus sabia que o mundo iria mudar para sempre.

— Fiquem aqui — disse Jesus aos discípulos.

Ele foi sozinho ao jardim para orar.

— Pai, por favor — orou Jesus —, não há outro modo, sem tanto sofrimento? Eu não quero ser separado de ti. Mas, farei o que quiseres.

Não havia outro modo. O plano de Deus era claro: ele colocaria sobre os ombros de Jesus todos os pecados das pessoas para salvá-las da

punição. E durante aquelas horas em que Jesus sofreria, ele seria separado do Pai a quem amava, pois Deus não aceita o pecado. Essa seria a pior dor. Mas Jesus devia fazer isso para salvar homens e mulheres, meninos e meninas do julgamento de Deus.

Então, ele ouviu o barulho das espadas dos soldados e sentiu o cheiro das tochas queimando. Os guardas entraram no jardim com Judas à frente.
E Judas mostrou para eles quem Jesus era.

Recado de Jesus

"Ninguém tem mais amor pelos seus amigos do que aquele que dá a sua vida por eles."

(JOÃO 15:13)

Eu amo você com um amor que nunca termina. Eu o amei antes de você nascer e vou continuar a amá-lo para sempre. Naquela noite escura, muito tempo atrás, eu permiti que me prendessem por causa de meu amor infinito por você. Quando você se sentir sozinho ou com medo, diga: "Jesus, eu sei que tu estás comigo e que tu nunca vais deixar de me amar."

Pedro nega Jesus | (Lucas 22)

Os soldados arrastaram Jesus pelas ruas até os líderes de Jerusalém. Esses homens lhe perguntaram:

— Você é o Filho de Deus?

— Eu sou! — respondeu Jesus.

— Mentiroso! — gritaram eles. — Você é muito atrevido em desrespeitar Deus dizendo ser seu Filho.

Os soldados chicotearam Jesus. Bateram nele. Cuspiram nele. Colocaram nele uma capa vermelha e uma coroa de ramos cheios de espinhos. E zombavam dele:

— Agora, sim, você parece ser o Rei dos judeus — diziam, rindo.

Mas Jesus não tinha feito nada de errado, e ele sabia disso. Tudo isso era parte do plano de Deus.

Quando os soldados chegaram ao jardim, alguns dos discípulos ficaram com medo e fugiram. Outros, como Pedro, ficaram perto do lugar onde Jesus estava preso para ouvir o que estava acontecendo. Pedro se aquecia perto de uma fogueira, quando uma escrava lhe perguntou:

— Você não é um dos homens que estava com Jesus?

— Não! — respondeu ele. — Não sou, não.

— Você tem certeza? — indagou outra garota. — Acho que é você, sim.

— Não sou eu! — afirmou Pedro.

— Nós temos certeza de que você é um deles! — disseram outras pessoas.

— Eu não conheço Jesus! — mentiu Pedro. — Eu nunca me encontrei com Jesus.

Então, o galo cantou. Cocoricó! Pedro ouviu. E correu. E chorou, chorou, chorou...

Sexta-feira Santa | (Mateus 27; Marcos 15; Lucas 23; João 19)

As pessoas não entendiam Jesus. Ele era o Filho de Deus, perfeito, enviado à Terra para salvá-las dos pecados. Mesmo assim, os líderes levaram Jesus até o governador romano, que o apresentou ao tribunal. Muitas pessoas eram contra Jesus.

— Crucifica! — gritava a multidão. — Mata! Prega as mãos e os pés dele em uma grande cruz de madeira!

Jesus não merecia isso. Ele havia passado seu tempo na terra amando as pessoas e cuidando delas, ajudando-as a conhecer seu Pai celestial e ensinando-as a viver de maneira apropriada para que, um dia, pudessem viver com ele no céu.

Morrer na cruz como um criminoso era uma parte triste, mas muito importante, do grande plano de Deus. E Jesus faria isso. Ele não era um criminoso, mas deveria morrer como se fosse.

Os soldados construíram uma pesada cruz de madeira e pregaram nela uma tabuleta onde estava escrito: Jesus de Nazaré, Rei dos Judeus.

Então, levaram Jesus pelas ruas. Fizeram com que ele subisse uma colina chamada Calvário. E ali pregaram Jesus na cruz. Com ele, foram crucificados dois criminosos, um à direita e o outro à esquerda.

Apesar de estar com muita dor, Jesus ainda orava:

— Pai, perdoa essa gente. Eles não sabem o que estão fazendo.

— Por que você não se salva? — disse alguém, zombando.

E é claro que Jesus poderia se salvar, se ele quisesse. Um exército de anjos poderia ter descido dos céus para resgatá-lo se ele pedisse isso. Mas Jesus escolheu ficar ali na cruz e morrer para salvar todos os que viessem a crer nele.

Ninguém jamais amou tanto como Jesus.

Então, aconteceu: Deus colocou todos os pecados — de hoje, do passado e do futuro —, de todas as pessoas, no coração de Jesus.

— Meu Deus — clamou Jesus —, por que me abandonaste?

Porque Deus tem que se afastar de todo pecado. E Jesus sentiu toda a sujeira do pecado e toda a ira de Deus sobre ele. Mas não eram os pecados de Jesus. Eram os nossos. Jesus sentiu isso e sofreu por eles, para que não precisássemos pagar por eles.

E assim, naquele exato momento, o mundo mudou para sempre. Agora as pessoas tem esperança. Se elas pedirem perdão a Deus pelos pecados que cometeram e crerem no que Jesus fez por elas, o coração delas será limpo e poderão viver com Deus no céu, um lugar perfeito, para sempre.

Ao meio-dia, uma nuvem misteriosa e densa encheu o céu e escondeu o Sol. Fortes relâmpagos e trovões faziam tudo tremer. Era a imensa ira de Deus contra o pecado. A terra foi sacudida violentamente. Grandes rochas foram destruídas e esmigalhadas. O céu girava com cores escuras e assustadoras.

— Pai, eu te dou minha vida! — disse Jesus. Então, olhou para o céu e gritou: — Tudo está completado!

E morreu.

Estava completado! Jesus havia feito tudo. Ele havia tomado para si a ira e a punição de Deus que as pessoas mereciam, a fim de salvá-las dos pecados.

Recado de Jesus

"Deus amou o mundo tanto que deu o seu único Filho, para que todo aquele que nele crer não morra, mas tenha a vida eterna."

(JOÃO 3:16)

Sim, eu morri por você. Mas não fique triste. Alegre-se por eu ter amado você assim. Eu quero você comigo a cada minuto, a cada dia, para sempre. Se você ainda não me pediu para ser seu Salvador, faça isso agora. Então, um dia nós estaremos juntos no céu, porque eu morri pelos seus pecados.

Domingo de Páscoa

(Mateus 27; 28; Lucas 24)

Ainda faltava uma coisa para o plano de Deus ser concluído, já que algumas pessoas ainda duvidavam que Jesus fosse o Filho de Deus. Mesmo seus amigos não tinham muita certeza disso. Mas você lembra quando comentamos que Jesus estaria vivo novamente, três dias após ter morrido? Então...

Os amigos de Jesus colocaram o corpo dele em uma tumba. Os soldados romanos vieram e a fecharam com uma grande pedra, para que ninguém pudesse roubar o corpo de Jesus. E ficaram vigiando o lugar dia e noite.

Aqueles que odiavam Jesus acharam que ele estava morto e que isso era o fim de tudo. Aqueles que amavam Jesus estavam muito assustados para crer.

No domingo bem cedo, algumas mulheres que eram amigas de Jesus foram até a tumba. De repente, a terra tremeu. Uma luz muito brilhante, que quase cegava, desceu do céu, e apareceu um anjo vestido com roupas reluzentes. Ele tirou a pedra que fechava a tumba e sentou-se nela. O brilho do anjo e a tumba aberta assustaram tanto os guardas que eles desmaiaram.

— Vocês estão procurando por Jesus? — perguntou o anjo às mulheres. — Ele não está aqui. Deus o trouxe de volta à vida, assim como Jesus disse que aconteceria. Alegrem-se! Digam aos discípulos que Jesus foi ressuscitado!

As mulheres correram e contaram tudo isso aos discípulos, mas eles acharam que fosse bobagem. E permaneceram sentados, olhando uns para os outros, tristes, recusando-se a crer que Jesus estava vivo.

Mais tarde, naquele dia, dois deles estavam caminhando para uma vila chamada Emaús. Um estranho se aproximou e começou a caminhar ao lado deles.

— Sobre o que vocês estão falando? — perguntou ele.

— Sobre o que todos estão falando — respondeu um dos discípulos. — Você não esteve aqui nos últimos três dias? — Então contaram ao homem tudo o que havia acontecido a Jesus.

Após o estranho ouvir tudo, disse a eles:

— Por que vocês demoram tanto para crer? — E lembrou-lhes de tudo o que os profetas tinham escrito sobre Jesus, especialmente a parte que falava que ele voltaria à vida.

Quando chegaram a Emaús, os discípulos convidaram o homem para comer com eles. Ele se sentou à mesa, pegou um pão, abençoou-o e o partiu. Então, deu aos outros dois. Nesse momento, eles se deram conta: conheciam aquele homem!

— Jesus! — exclamaram. — É o senhor! — E Jesus desapareceu.

Eles se encontraram com os outros discípulos e contaram o que havia acontecido.

— Ele está vivo! — concordaram todos. — Nosso Senhor Jesus está vivo!

Recado de Jesus

"Ele não está aqui, mas foi ressuscitado."

(LUCAS 24:6)

Meu poder é mais forte do que a morte. Eu voltei de entre os mortos. Eu estou vivo novamente! Se você ainda não me aceitou, peça-me para entrar em seu coração, e o céu será seu futuro lar. Você vai viver comigo para sempre, mesmo depois que sua vida na terra terminar. Esse é o melhor presente que alguém pode lhe dar!

Tomé, o homem que duvidava | (João 20)

Tomé ainda não havia visto Jesus e duvidava que ele estivesse vivo:

— Eu preciso tocar nas feridas feitas pelos pregos nas mãos dele. Eu preciso ver o lugar em que o soldado o feriu com uma lança. Só depois disso vou crer que ele está vivo.

Os discípulos estavam reunidos em uma sala com as portas bem fechadas. De repente, Jesus apareceu, bem ali no meio deles. Isso era um milagre!

Jesus levantou as mãos e mostrou suas cicatrizes.

— Tomé, toque nos lugares em que os pregos foram colocados. Sinta o lugar em que a lança me feriu.

Por fim, Tomé acreditou.

— Jesus, meu Senhor e meu Deus — confessou ele.

— Tomé, você viu e acreditou. Felizes são os que não viram, mas assim mesmo acreditam! — disse Jesus.

Jesus vai para o céu | (Lucas 24; João 14)

— Se vocês pensam que o trabalho de vocês para mim já está concluído, estão enganados — disse Jesus aos discípulos. — O trabalho está apenas começando. Vocês devem ir às pessoas de todos os países do mundo e dizer-lhes o que aconteceu comigo. Para que tenham os pecados perdoados, elas devem se arrepender e crer em mim e no que eu fiz. Se fizerem isso, o coração delas se voltará para Deus.

Jesus falou isso àqueles discípulos, mas o mesmo vale para todos os que o seguem. Deus quer que todos que amam Jesus falem para os familiares e amigos sobre ele. Essa era a próxima parte do grande plano de Deus: que a Igreja de Cristo, formada pelos que seguem a Jesus, cresça no mundo todo.

Chegou, então, a hora de Jesus se despedir, mas só por pouco tempo. Ele estava voltando ao céu para preparar um lugar para todos os que crerem. Assim, no dia em que o corpo dessas pessoas morrer e suas almas forem para o céu, o lar delas estará pronto. E lá viverão!

Jesus e seus discípulos foram para um povoado. Ele ergueu as mãos e os abençoou. Enquanto fazia isso, aos poucos, como se estivesse em um elevador, foi subindo, subindo, subindo, até o céu.

Recado de Jesus

"Depois que eu for e preparar um lugar para vocês, voltarei e os levarei comigo para que onde eu estiver vocês estejam também."

(JOÃO 14:3)

Você pode não me ver com os olhos, mas eu estou sempre a seu lado. Por enquanto, você só pode me ver com os olhos espirituais, os olhos do coração. Um dia, no entanto, quando o seu corpo morrer, você me verá pessoalmente. Eu voltarei e levarei você comigo para o céu. Nós vamos viver juntos para sempre!

A alegria veio! | (Atos 2)

Jesus prometeu estar sempre com o povo de Deus, mesmo depois de ter voltado para o céu. Mas como ele pode fazer isso? Bem, Deus ainda tinha uma surpresa especial: o Espírito Santo.

Alguns seguidores de Jesus estavam em uma grande sala, no andar de cima de uma casa, quando um vento forte e barulhento veio do céu. Rajadas de fogo se espalharam por todos os lados, dançando no vento. Então, o que parecia ser uma língua de fogo parou sobre cada pessoa. Isso não era um fogo comum — era o Espírito Santo que havia sido prometido!

O coração dos discípulos encheu-se de uma alegria que eles nunca haviam sentido antes. Era uma alegria repleta de amor e tão poderosa que eles tinham de contar para todo mundo: o Espírito Santo de Jesus havia descido do céu.

— Aleluia! — exclamavam os cristãos. — Deus seja louvado!

Naquele dia, pessoas vindas do mundo inteiro estavam em Jerusalém para comemorar o dia de Pentecostes, uma festa dos judeus. Quando elas ouviram os discípulos falando em voz alta em línguas diferentes, ficaram chocadas e correram para ver o que estava acontecendo.

— Esses homens não são pessoas incultas da Galileia? Como eles podem falar em tantos idiomas diferentes?

Mas algumas pessoas debochavam deles:

— Olhe para esses malucos, seguidores de Jesus. O que está acontecendo com eles agora?

Mas eles não eram malucos. Estava tudo certo. É que agora Jesus vivia no coração deles.

Pedro levantou-se e falou em voz bem alta à multidão:

— Ouçam minhas palavras. Tudo o que vocês ouviram sobre Jesus é verdade. Se vocês não acreditam em mim, leiam o Antigo Testamento. Leiam o que os profetas disseram. Jesus veio para nos salvar dos pecados. Homens maus o crucificaram, mas Deus o levantou dos mortos. Ele subiu ao céu e, agora, nos enviou o Espírito Santo. É por isso que vocês podem ver que estamos cheios de alegria. É por causa do amor de Jesus enchendo nosso coração. Ele veio para viver em nosso coração para sempre!

Depois de ouvirem isso, algumas pessoas também queriam Jesus no coração delas.

— O que devemos fazer para Jesus viver em nós? — perguntaram a Pedro.

— Arrependam-se e sejam batizados — respondeu ele —, e receberão o dom do Espírito Santo.

Naquele dia, três mil pessoas creram em Jesus como Salvador e foram batizadas.

— Que maravilha! —exclamaram os discípulos. — Agora vamos sair e contar ao mundo todo sobre Jesus.

E foi o que eles fizeram. Obedecendo à ordem de Jesus, foram falar às pessoas sobre o maravilhoso amor de seu Senhor. E começaram muitas igrejas desse modo.

Recado de Jesus

"O Espírito Santo, que o Pai vai enviar em meu nome, ensinará a vocês todas as coisas e fará com que lembrem de tudo o que eu disse a vocês."

(JOÃO 14:26)

Eu tenho um presente especial para todos os que creem em mim: o Espírito Santo. Ele veio para viver dentro de você. Meu Espírito enche você com amor, alegria e paz. Ele ajuda você, tanto nos dias bons quanto nos ruins. O Espírito ajuda você a saber o que é certo e o que é errado. Ele também ajuda você a fazer o que é certo.

Filipe e o etíope | (Atos 8)

Depois que os discípulos de Jesus se espalharam, um anjo do Senhor disse a um deles, Filipe, para ir ao sul por uma estrada que saía de Jerusalém. Ele obedeceu. Na estrada, ouviu o som dos cascos dos cavalos: plac, ploc, plac, ploc. Então, Filipe viu uma carruagem com um homem que parecia ser muito importante dentro. "Chegue perto da carruagem", falou o Espírito Santo ao coração de Filipe.

O homem importante estava lendo o livro de Isaías, no Antigo Testamento.

— Oi! — Filipe chamou, e a carruagem parou. — Você entende o que está lendo?

— Não — respondeu o homem. — O profeta está falando dele mesmo ou de outra pessoa?

Ele estava lendo as profecias de Isaías sobre Jesus, o Servo sofredor que iria salvar as pessoas da punição de Deus.

— Eu sou da Etiópia e quero conhecer a Deus —acrescentou o homem.

Então, Filipe lhe contou tudo sobre Jesus, sobre o plano de Deus e sobre como Jesus morreu pelos nossos pecados. Ele explicou que todas as pessoas que seguem Jesus nunca serão separadas de Deus e viverão para sempre no céu.

O etíope queria ter a vida eterna. Assim, quando os dois homens se aproximaram de um lugar em que havia água, ele pediu que Jesus entrasse em seu coração e Filipe o batizou. Em seguida, o Espírito do Senhor levou Filipe para um lugar diferente, para que pudesse falar a mais pessoas sobre Jesus. E o etíope foi para casa, muito feliz.

Recado de Jesus

"Muitos serão aceitos por Deus por causa da obediência de um só homem."

(ROMANOS 5:19)

Ao morrer na cruz, eu obedeci a meu Pai. Por isso, as pessoas podem ser salvas e viver comigo para sempre. Como Filipe foi obediente, o etíope pôde contar a boa notícia a meu respeito para sua família e outras pessoas no país dele. Quando você me obedece e fala às pessoas sobre mim, você as abençoa de um modo maravilhoso. E você é abençoado também.

Saulo | (Atos 9)

"Eu sou muito inteligente e importante", pensava Saulo enquanto viajava para Damasco. Ele era um mestre religioso judeu muito conhecido e muito orgulhoso. E era alguém de quem os seguidores de Jesus tinham muito medo.

Nessa viagem, como muitas vezes antes, ele ia para prender pessoas que seguiam Jesus. Mas Deus tinha outros planos...

Subitamente, uma forte luz branca brilhou do céu e cegou Saulo.

— Eu não consigo ver! — gritou Saulo quando caiu no chão.

— Saulo, Saulo, por que você me persegue? — perguntou-lhe uma voz forte e séria.

— Quem é o senhor? — indagou Saulo.

— Eu sou Jesus — respondeu a voz. — Vá para a cidade de Damasco e espere por mim lá.

Saulo esperou em Damasco, muito assustado e sem enxergar nada. Mas Jesus não o deixou sem ajuda. Ele enviou seu amigo Ananias para ampará-lo.

— Ponha as mãos sobre ele — disse Jesus. — Eu quero que Saulo veja e seja cheio do Espírito Santo.

Assim que Ananias pôs as mãos sobre a cabeça de Saulo, algumas coisas parecidas com escamas caíram dos olhos dele e ele voltou a ver! Naquele momento, o Espírito de Jesus encheu o coração de Saulo com amor e alegria.

Saulo, aquele que odiava Jesus, tornou-se um dos mais conhecidos seguidores de Jesus: o discípulo chamado Paulo.

Recado de Jesus

"Deus mandou o seu Filho para salvar o mundo e não para julgá-lo."

(JOÃO 3:17)

Eu quero viver no coração das pessoas de todo o mundo. Eu convido as pessoas a virem a mim não me importando com o que elas fizeram no passado. O que importa é o dia de hoje. Se as pessoas, idosas ou jovens, pedirem-me perdão pelos pecados, eu serei o melhor amigo delas para sempre. Eu sou seu melhor amigo.

Pedro e o anjo | (Atos 12)

— Prendam aquele homem!

Um guarda grandão agarrou Pedro e o jogou em uma cela escura e suja na prisão. Muitas pessoas não estavam gostando que Pedro espalhasse a palavra sobre o amor de Jesus. Enquanto isso, a igreja toda orava por Pedro, preocupada, pois ele poderia ser ferido — ou alguma coisa pior.

Pedro estava dormindo na cela, preso à parede, com soldados o vigiando. Mas aquilo não poderia impedir Jesus de agir.

— Pedro, levante-se!

Ele sentiu que alguém estava ao seu lado. Esfregou os olhos, perguntando se era mesmo um anjo de verdade que estava ali, perto dele.

— Siga-me! — disse o anjo. E imediatamente as correntes caíram das mãos de Pedro. Ele seguiu o anjo para fora da prisão.

Impressionado com aquilo, Pedro foi para uma casa onde alguns amigos estavam orando. Ele bateu à porta, mas a jovem empregada que veio atender e ouviu sua voz ficou tão espantada que o deixou do lado de fora!

Quando finalmente o reconheceram e deixaram Pedro entrar, todos ficaram muito felizes. O anjo tinha libertado Pedro para que ele falasse a mais pessoas sobre o amor de Jesus.

Recado de Jesus

"Nós não podemos entender as coisas maravilhosas que ele faz, e os seus milagres não têm fim."

(JÓ 5:9)

Às vezes você pode pensar que está em uma situação sem solução. Você pode pensar que não há escapatória e nenhuma resposta para seu problema. Mas lembre-se: comigo sempre há solução, sempre há resposta. Comigo, nada é impossível! Por isso, sempre peça minha ajuda e confie que eu farei o que é melhor.

Lídia crê | (Atos 16)

Deus enviou Paulo para aventuras em muitos lugares distantes. Ele viajou para cidades exóticas na Ásia, atravessou o mar para a Europa e ensinou sobre Jesus na Grécia. Um dia, Paulo e seus companheiros caminhavam perto de um rio, em um lugar onde algumas mulheres estavam orando. Uma delas, chamada Lídia, vendedora de roupas e tecidos caros, começou a fazer perguntas a Paulo.

— Eu adoro a Deus, mas sinto que ainda está faltando alguma coisa — contou ela a Paulo. — Sou uma pecadora e não consigo agradar a Deus. — Ela ainda não tinha ouvido sobre Jesus e seu plano.

Quando Paulo falou que Jesus havia tomado a punição pelos pecados dela, Lídia imediatamente aceitou Jesus e foi batizada.

— Meu coração agora está limpo! — declarou ela. E abriu a casa para Paulo e seus amigos.

Lídia entendeu que conhecer a Deus não era suficiente. Ela precisava de Jesus também.

Recado de Jesus

"Jesus respondeu: Eu sou o caminho, a verdade e a vida; ninguém pode chegar até o Pai a não ser por mim."

(JOÃO 14:6)

Por mais que tente, você jamais conseguirá chegar ao céu sozinho. Ninguém pode. Todas as pessoas fazem coisas erradas: todos os garotos, garotas, pais, mães e professores. E no céu não há lugar para pecados. Por isso, todos precisam de mim no coração. Eu sou o único caminho que leva você ao céu. Eu sou o único que lava você dos pecados e abre o acesso a Deus Pai.

O carcereiro e o terremoto | (Atos 16)

Pedro não foi o único lançado na prisão por falar de Jesus. Paulo, também, estava disposto a fazer o que Deus queria... mesmo que fosse muito perigoso!

— Vão ficar aqui! — gritou o carcereiro enquanto empurrava Paulo e seu amigo Silas para uma cela fria e suja.

Depois prendeu os pés deles em pesados blocos de madeira. Eles não podiam escapar, mas isso não os impedia de compartilhar a boa notícia sobre Jesus.

O que você faria na prisão? Eles cantavam louvores a Deus, para que os outros prisioneiros pudessem ouvir!

Por volta da meia-noite, um grande terremoto sacudiu a prisão. As grossas paredes balançaram, as pesadas portas se abriram, as correntes dos prisioneiros se soltaram. Mas Paulo e Silas permaneceram ali.

O carcereiro acordou e viu as portas abertas e as correntes partidas.

— Oh, não! — gritou ele. Estaria em sérios problemas se os prisioneiros tivessem escapado.

— Está tudo bem! Estamos todos aqui — disseram Paulo e Silas.

O carcereiro ajoelhou-se aos pés deles. Com certeza, Deus estava ali.

— Senhores, o que devo fazer para ser salvo? — perguntou ele.

— Creia no Senhor Jesus e você será salvo. Você e as pessoas de sua casa — respondeu Paulo.

O carcereiro acreditou e libertou Paulo e Silas. Naquela noite mesmo, eles batizaram o homem e toda a família dele. Mais pessoas agora tinham no céu seu lar eterno.

Recado Jesus

"Se o Filho os libertar, vocês serão, de fato, livres."

(JOÃO 8:36)

Mesmo estando acorrentados na prisão, Paulo e Silas estavam livres. Eles haviam sido libertados do pecado no coração. Eu posso fazer a mesma coisa com você. Se você ainda não me pediu, venha a mim e peça para que eu perdoe os seus pecados, e seu coração ficará livre.

Paulo e o deus desconhecido | (Atos 17)

A cidade de Atenas estava agitada com tantas pessoas.

— Sai da frente! — gritou alguém enquanto tentava passar por uma rua cheia de gente.

— Quanto está aquele frango? — perguntou alguém no mercado público.

— Ó grande e poderoso bloco de pedra! — disse um homem que adorava uma estátua.

Uma estátua?!

Quando Paulo encontrou um altar com as palavras "Ao Deus Desconhecido" em Atenas, a cidade mais importante da Grécia, percebeu que o povo que vivia ali realmente precisava de Jesus.

— Povo de Atenas — discursou ele —, deixe-me falar sobre o Deus verdadeiro! Ele não é uma estátua. Ele vive no céu. Ele fez vocês, fez o céu e a terra e tudo o que existe.

— Deus ama vocês; por isso, enviou seu Filho para carregar a punição pelas coisas erradas que todos fazemos. Jesus morreu e Deus o ressuscitou. Ele está preparando um lugar no céu para todos os que se arrependem e creem.

Quando as pessoas ouviram sobre Deus ressuscitar Jesus, algumas riram; outras se afastaram. Mas algumas creram em Jesus e cooperaram com Paulo para espalhar as boas notícias e começar novas igrejas para Jesus.

Recado de Jesus

"Agradeçamos ao Deus e Pai do nosso Senhor Jesus Cristo, pois ele nos tem abençoado por estarmos unidos com Cristo [...]. Antes da criação do mundo [...] Deus já havia resolvido que nos tornaria seus filhos, por meio de Jesus Cristo."

(EFÉSIOS 1:3-5)

Você está unido a mim. Você vive em mim! Como você crê em mim, o mais importante não é o que você faz, mas o que eu fiz: morri por seus pecados. Você não precisa ser muito bom em alguma coisa para ser especial. Como você é meu, já é especial.

O naufrágio de Paulo para Roma | (Atos 27)

Paulo foi preso novamente por falar a muitas pessoas a respeito de Jesus. Logo foi colocado em um navio que ia para Roma com outros prisioneiros, onde ele deveria ser apresentado a um juiz no tribunal.

— O tempo não é bom para navegar — alertou à tripulação. — Os ventos de inverno estão soprando. Poderemos ter problemas na viagem.

Mas quem daria ouvidos a um prisioneiro?

Paulo tinha razão. Uma tempestade violenta veio. Ondas muito grandes quebravam sobre o navio, e os marinheiros faziam de tudo para mantê-lo flutuando. Eles gritavam por socorro!

No andar de baixo, Paulo orava em silêncio: "Deus, ajude-nos!" Então, um anjo lhe apareceu com uma mensagem. Paulo correu para contá-la à tripulação.

— Ouçam! — gritou, por causa do barulho dos trovões e do vento. — Deus me prometeu que eu chegarei a Roma. Todos os que estão viajando comigo estarão em segurança. Tenham fé e creiam.

Paulo tinha certeza de que Deus os guardaria, mesmo quando o navio encalhou perto de uma ilha e partiu-se em pedaços.

— Nadem — gritou alguém.

A tripulação e os prisioneiros pularam na água e nadaram até a praia. Não havia terminado. Deus ainda tinha tarefas importantes para Paulo realizar.

Recado de Jesus

"Deus é o nosso refúgio e a nossa força, socorro que não falta em tempos de aflição."

(SALMOS 46:1)

Tempestades vêm para todos. Às vezes, elas são de vento e chuva, destroem coisas e assustam. Outras vezes, tempestades são coisas ruins que acontecem; às vezes, são aqueles dias difíceis. Não se preocupe com as tempestades que aparecem em sua vida. Apenas confie em mim e segure em minha mão. Eu serei um refúgio para você e sua força.

Paulo, o escritor

Cartas de Deus | (Cartas de Paulo)

"Meus queridos amigos..."

Paulo escreveu muitas cartas para os seguidores de Jesus, que eram membros de novas igrejas. Deus inspirava as palavras e Paulo as escrevia. Suas cartas lembravam os discípulos a viver do modo correto, como Deus queria que vivessem. As cartas os ensinavam a amar as pessoas e a verdade e a obedecer a Deus.

Deus enviou o Espírito Santo para encher Paulo com as palavras que os crentes em muitas cidades precisavam. Deus queria que ele os encorajasse quando estivessem para desistir. Assim, Paulo escreveu cartas que diziam: "Alegrem-se! Regozijem-se! Não se preocupem com nada! Tenham fé em Deus! Tenham esperança sempre!"

Muitas vezes Deus precisava corrigir ensinamentos errados que seu povo estava recebendo. As cartas de Paulo ajudavam as pessoas a manter os olhos em Deus, trabalhando com alegria para ele como membros da Igreja.

Paulo, o escritor

O fruto do Espírito | (Gálatas 5)

Em uma das suas cartas, Paulo escreveu sobre o fruto do Espírito, que é a mudança que o Espírito Santo faz no coração dos cristãos. Quando o Espírito vive em alguém, ele faz seu fruto — amor, alegria, paz, paciência, benignidade, bondade, fidelidade, mansidão, domínio próprio — crescer na vida dessa pessoa. Foi assim que Jesus viveu, e devemos querer nos tornar mais parecidos com ele.

A armadura de Deus | (Efésios 6)

Paulo também escreveu sobre as armas que podemos usar contra Satanás. Já que havia muitos soldados romanos caminhando por todo lugar, Paulo falou das partes da armadura deles para ajudar os seguidores de Jesus a se lembrarem das armas que Deus lhes deu para lutar contra o inimigo.

"Usem a verdade como cinturão", escreveu Paulo. "Vivam de maneira correta, e isso será como couraça para proteger o coração. Calcem, como sapatos, a prontidão para anunciar a boa notícia de paz e levem sempre a fé como escudo. Seu capacete é o presente da salvação dada por Jesus e sua espada é a Bíblia."

Paulo sabia que precisamos estar alertas contra as armadilhas de Satanás e usar a proteção que Deus nos dá.

Recado de Jesus

"A tua palavra é lâmpada para guiar os meus passos, é luz que ilumina o meu caminho."

(SALMOS 119:105)

Minha Palavra, a Bíblia, é um presente para você. O Espírito Santo ajudou Paulo e outras pessoas a escreverem a verdade de Deus sem cometerem erros. Leia minha Palavra e medite no significado dela. Por meio dela, você vai aprender mais a respeito de mim e de quanto amo você. A Bíblia é uma luz para você, que o ajuda a me "ver" melhor.

Paulo, o escritor

Jovens cristãos | (1Timóteo 4)

Timóteo era um jovem amigo de Paulo e pastor de uma igreja nova. Ele fazia corretamente um monte de coisas: ajudava os outros, fortalecia a fé deles. Mas às vezes Timóteo era inseguro; outras vezes, ficava com medo. Ele temia que as pessoas o ignorassem por causa de sua idade.

"Não deixe que ninguém o despreze por você ser jovem", escreveu Paulo ao amigo. "Seja um exemplo na maneira de falar, na maneira de agir. Ame as pessoas como Deus as ama. Cresça na fé em Jesus. Viva de modo puro."

"Leia a Bíblia todos os dias e esteja sempre pronto para ouvir, ajudar e ensinar. Se você fizer tudo isso, as pessoas irão ouvir você e respeitá-lo, não importando sua idade."

Timóteo era muito jovem, mas ele fez o que Paulo disse e aprendeu com ele. Deus pode usar qualquer pessoa que esteja disposta a ouvir e a obedecer.

Timóteo se tornou um grande líder da Igreja. Seu exemplo serve para lembrar que Deus pode usar tanto jovens como pessoas mais velhas para servir a Jesus.

Recado de Jesus

"Não deixe que ninguém o despreze por você ser jovem. Mas, para os que creem, seja um exemplo na maneira de falar, na maneira de agir, no amor, na fé e na pureza."

(1TIMÓTEO 4:12)

Não importa se você é muito jovem ou já é idoso. Eu vivo em você e posso fazer coisas importantes por meio de você. Eu quero que você seja gentil com os outros: irmãos, irmãs, pais, amigos. Você mostra seu amor por mim quando ama as pessoas. Você não precisa ser grande para fazer coisas grandes para mim!

João teve uma linda visão! | (Apocalipse)

Quando o discípulo João era idoso, foi enviado para uma ilha como punição por falar sobre o Senhor. Lá, Jesus lhe apareceu, brilhando. Ele mostrou a João a parte final do plano de Deus.

— Escreva isso — ordenou Jesus—, para que o mundo todo conheça.

Um silêncio cheio de paz cercou João. Então Jesus lhe mostrou as coisas que ocorreriam no final dos tempos.

Satanás e todos os que o seguem, com suas mentiras sujas e malignas, serão expulsos da terra para sempre. As pessoas que amam Jesus vão viver na cidade de Deus — que é perfeita, fulgurante, com ruas de ouro e portões de pérolas reluzentes —, uma cidade celestial, que ninguém nunca viu, em um mundo totalmente novo.

— Veja! — disse Jesus. — Estou fazendo as coisas todas maravilhosamente novas!

Jesus prometeu que, um dia, as coisas vão se tornar perfeitas como Deus quer que elas sejam. Um dia, o amor de Deus, mais brilhante do que o Sol, será a única luz de que precisaremos.

No final da visão dada a João, Jesus lhe mostrou Deus e seus filhos vivendo juntos como uma família unida e feliz. Isso era como estar de volta ao Jardim, com Adão e Eva.

Tudo o que João escreveu é real. Mais ou menos dois mil anos atrás, ele conseguiu ver o futuro, e um dia tudo aquilo vai acontecer de verdade. Jesus voltará e levará seus seguidores para seu lar eterno, como Deus planejou.

"Eu sou o Princípio e o Fim", disse Jesus. E João sabia que isso é verdade: Jesus está voltando e tudo vai ficar bem para aqueles que creem nele. Não haverá mais tristeza. Não haverá mais lágrimas. Não haverá mais doenças, escuridão, tempestades ou medos.

— Quando será? — perguntou João. — Quando essa parte maravilhosa do plano de Deus vai acontecer?

— Isso é segredo de Deus — respondeu Jesus. — Mas eu estou voltando. Esteja preparado.

Sentado naquela ilha, João escreveu as últimas palavras relativas ao grande plano de Deus. Você vai encontrá-las no final da Bíblia:

> *— Certamente venho logo!*
> *Amém! Vem, Senhor Jesus!*
> *E que a graça do Senhor Jesus esteja com todos.*

Recado de Jesus

"Escutem-me e venham a mim, prestem atenção e terão vida nova."

(ISAÍAS 55:3)

Venha a mim! Invista tempo para me conhecer melhor. Lembre que estou com você sempre: todo o tempo e onde quer que você esteja. Meu amor por você é como um oceano!

Eu quero que você entenda mais e mais dessa maravilhosa história sobre mim, pois ela também é uma história sobre você. Essa aventura fantástica vai continuar e continuar, mesmo lá no seu lar eterno no céu. Essa história nunca acabará, pois meu amor por você nunca termina.